I0597280

La Protection de l'Alpha

Renee Rose

Traduction par
Agathe M

Réalisé avec Vellum

Livre gratuit de Renee Rose

Abonnez-vous à la newsletter de Renee

Abonnez-vous à la newsletter de Renee pour recevoir livre gratuit, des scènes bonus gratuites et pour être avertie de ses nouvelles parutions !

https://BookHip.com/QQAPBW

Les Dominateurs Alpha

Son loup veut me marquer. Je ne peux pas le laisser faire.

En fuite avec mes enfants, la dernière chose à laquelle je m'attendais, c'était de trouver mon véritable compagnon.

Il est impressionnant. Justicier chez les métamorphes et policier parmi les humains, c'est un vrai protecteur.

Il veut nous sauver du danger.

Il veut me revendiquer pour toujours.

Mais je ne peux pas le permettre. Cela pourrait lui coûter la vie.

Avertissement : ce roman met en scène une héroïne fuyant un ex violent. Si ce thème risque de réveiller un traumatisme chez vous, je vous en prie, sautez ce tome !

Chapitre Un

*C*olleen

Je me déshabille et plonge dans la piscine illuminée par le clair de lune au pied des montagnes de Denver.

Mes enfants et moi avons été déposés ici, dans la maison d'un parfait inconnu – un loup de la meute de Denver – qui nous a promis de nous protéger dès qu'il nous a rencontrés. La raison de sa promesse n'a rien d'un mystère.

En humant son odeur, mon corps s'est éveillé. À mon avis, il a sûrement éprouvé la même chose.

Mais nous nous sommes à peine adressé la parole, car il a dû partir sur une sorte d'opération antidrogue, et nous avons été placés en sécurité chez lui en attendant son retour.

La piscine aux lignes courbées est superbe, avec des airs d'oasis, et une cascade s'écoule dans un jacuzzi situé à une extrémité. L'air automnal est très frais, et l'eau chaude crée un nuage de vapeur. La lune est basse dans le ciel étoilé.

Je fais une longueur sous l'eau, puis émerge pour gorger

mes poumons d'air. Ça fait des années que je n'ai pas nagé, mais être dans l'eau apaise en partie mes nerfs à vif.

J'ai pris mes louveteaux et j'ai fui mon ex violent dans le Kentucky il y a à peine plus d'un mois, et je me retrouve un peu plus chaque jour. Nous sommes sans doute en sécurité ici, du moins pour l'instant.

Quoi qu'il en soit, je nage pour chasser mon angoisse. Si Dirk – ce salaud qui est le père de mes enfants – nous retrouve, ça va nous coûter cher. Mais je ne le laisserai pas nous ramener, quelles que soient ses menaces, cette fois.

Je ne peux pas penser à ça. J'ai besoin de croire qu'il ne nous trouvera pas ici, pas ce soir, en tout cas.

Je plonge de nouveau sous l'eau et parcours une nouvelle longueur avant d'émerger pour reprendre ma respiration. Puis je pousse une exclamation.

L'odeur du métamorphe atteint mes narines en premier : cuir, café et mâle délicieux. Il est rentré.

Mark Ruhl, agent des stups, est debout au bord de la piscine et me contemple avec une lueur prédatrice dans les yeux. Il a au moins dix ans de plus que moi, et il est renversant dans son uniforme, avec ses épaules larges et les muscles tendus de ses bras.

Je plie les genoux pour cacher mes seins sous l'eau, et nos regards se plantent l'un dans l'autre.

— Tu n'as aucune crainte à avoir avec moi, petite louve.

Sa voix est un baryton intense qui m'envoie des fourmis dans les épaules et dans la nuque. Elle vibre d'autorité, mais pas comme celle dont j'ai appris à me méfier. C'est une autorité chaleureuse et rassurante. Comme celle que je voyais en mon père, avant qu'il organise mon accouplement avec Dirk.

Mark s'accroupit, les yeux luisants au clair de lune. Il ne

dit rien et se contente de soutenir mon regard d'une façon qui fait tambouriner mon cœur.

— Tu as peur ?

Mon corps s'éveille pour la première fois depuis des années. Mes tétons se dressent dans l'eau tiède, et un frisson brûlant se répand en mon centre. Je déglutis.

— P... pas de toi, admets-je.

Il esquisse un sourire.

— Tant mieux. Je suis désolé que vous soyez restés seuls ici.

Ses yeux se plissent.

— Je suis content que tu nages. Tu devais te sentir en sécurité.

Je hoche la tête.

— L'intervention s'est bien passée ?

— Oui. Tout s'est arrangé.

Je fais onduler mes mains à la surface de l'eau, et mes seins se refroidissent en sortant de l'eau. Je me ratatine aussitôt.

Les yeux de Mark ont pris une teinte argentée, et ses narines se dilatent.

— Tu avais décidé de me tenter, petite louve ?

Je secoue la tête, bien qu'en entendant ces mots, je me demande si ma louve n'a pas tout orchestré.

— Je pense qu'on est tous les deux conscients de cette attirance entre nous...

Il s'interrompt lorsque je recule en continuant de faire non de la tête.

— D'accord. Tu n'es pas prête à entendre ça. Évidemment. Reviens.

Il me fait signe d'approcher, mais je ne bouge pas. Il ne s'agace pas. D'ailleurs, il semble même s'adoucir.

— Tu as traversé beaucoup d'épreuves, Colleen. Beaucoup trop. Je sais que tu as toujours peur. Je veux juste que tu te sentes en sécurité. Que tu saches que je prendrai soin de toi et de tes louveteaux. Je ne laisserai personne les atteindre, je te le promets.

Je le crois. Ou en tout cas, je crois que ses intentions sont sincères. Mais il ne réalise pas à quel point Dirk est puissant. C'est un alpha avec une meute d'au moins cent cinquante loups. Et il est cruel.

Oui, j'ai conscience que Mark Ruhl est mon véritable compagnon destiné. Je l'ai su dès que j'ai perçu son odeur. Même maintenant, sa présence me remonte le moral comme le soleil après une terrible tempête.

Mais je ne peux pas le laisser me marquer et me revendiquer, car faire une telle chose signerait notre arrêt de mort à tous les deux. Sans doute celui de mes enfants aussi. Dirk est un psychopathe, et il est puissant.

— Viens là, répète-t-il.

Cette fois, mon corps obéit sans me consulter, créant un courant miniature tandis que je marche jusqu'au bord du bassin.

Il tend les bras vers moi, et je ne me dérobe pas, bien qu'il s'agisse d'un quasi-inconnu et que je vienne de vivre dix années de tourments aux mains d'un homme. Mon corps reconnaît son maître. Ma louve a envie d'être revendiquée.

Il me démontre sa force de métamorphe en me sortant de l'eau par les aisselles comme si j'étais une petite fille. Mon corps nu ruisselle, mais il ne me touche pas. Ma peau émet de la vapeur.

— Je fais un effort surhumain pour ne pas te regarder, ma belle.

Sa voix est rocailleuse.

Il me pose sur mes pieds, puis se penche pour ramasser

la serviette que j'ai laissée au bord de l'eau. Il me regarde, finalement. Ses yeux brûlants, affamés, parcourent mon corps tandis qu'il m'enveloppe dans la serviette éponge. Un grondement sourd monte dans sa gorge, une érection tend le tissu de son pantalon d'uniforme.

Je devrais avoir peur. Il pourrait avoir du mal à maîtriser son loup, risquant de me marquer sans mon consentement. Pourtant, je brûle de désir pour lui. Je suis agitée, obsédée.

Il coince les bords de la serviette au-dessus de ma poitrine. Ses yeux sont presque complètement argentés. Son loup a envie de moi.

Je tremble, mais toujours pas de peur.

Il n'a pas lâché la serviette, ses doigts toujours coincés entre mes seins, et il s'en sert pour me rapprocher de lui.

— Je vais t'apprendre à me faire confiance, murmure-t-il comme s'il prêtait serment. Je vais assouvir tes désirs, ma petite. *Tous* tes désirs.

Je lâche un petit halètement surpris et tente de faire un pas en arrière, mais il s'accroche à la serviette pour me garder près de lui.

— Laisse-moi te montrer.

Je secoue la tête dans un mouvement saccadé.

— Je... je ne peux pas.

— Je ne prendrai rien. Je veux seulement donner, ma belle.

Ses narines se dilatent alors qu'il se gorge de mon odeur.

— Je sens ton désir. Il fourmille entre tes jolies jambes, petite louve ?

Il me fait doucement reculer.

Je n'ai pas l'intention de lui répondre, mais je suis comme envoûtée. Pas comme face à l'autorité d'un alpha. C'est plus profond et plus mystérieux. Ma tête dodeline dans un *oui*.

Mes mollets heurtent une chaise longue et mes genoux se plient. Mark me maintient avec la serviette.

— Laisse-moi t'y embrasser, Colleen. J'ai besoin de te goûter. S'il te plaît, juste un aperçu pour que je tienne toute la nuit sans te revendiquer.

Je prends une grande inspiration. Son loup ne se laisse pas démonter. Mais mon corps le comprend tout à fait. Ma louve le désire désespérément. Alors je m'assois et laisse la serviette s'ouvrir.

Mark ne se fait pas prier et tombe à genoux devant moi avant de m'écarter les jambes.

— *Cette chatte*, l'entends-je gronder.

Je ne sais vraiment pas ce qu'il entend par là. Peu importe. Il se met à me lécher, m'envoyant en orbite à chaque coup de langue expert. Je n'ai jamais connu une telle chose, et mes yeux roulent en arrière tandis que chacune de mes terminaisons nerveuses s'éveille.

Il parcourt mes petites lèvres, me pénètre du bout de la langue. Il me colle les genoux aux épaules et me lape de l'anus au clitoris.

C'est intime, embarrassant et incroyablement délicieux. Je suis ivre de plaisir, de phéromones, de clair de lune ?

Pour moi, c'est une première. Dirk ne s'est jamais soucié de mes besoins, et c'est le seul homme que j'ai connu.

— Cette chatte, répète Mark en émergeant pour reprendre son souffle.

— Qu'est-ce qu'elle a ? parviens-je à haleter.

— Elle est trop belle.

Il baisse de nouveau la tête et donne des coups de langue à mon clitoris.

Je glisse les doigts dans ses cheveux coupés ras et lève la poitrine vers le ciel nocturne.

— Mark.

Mon cri étranglé semble appartenir à une autre femme. Pas à moi, en tout cas.

— C'est bien, bébé. Tu vas jouir sur la langue de papa ?

Est-ce qu'il vient de s'appeler *papa* ? Mon sexe se contracte en réponse. C'est sensuel, un peu tordu et gênant, mais *par le Destin, oui*, j'adore ça.

— Jouis pour papa.

Mon corps obéit aussitôt, car mon orgasme démarre, et je tends les pointes de pieds.

— Oui, m'exclamé-je d'une voix rauque tandis que la sensation s'amplifie, pulse en moi.

Il me pénètre avec deux doigts, et mes parois se contractent dessus pendant que je lâche un cri plaintif.

Il suçote mon clitoris tout en allant et venant avec ses doigts jusqu'à m'arracher un deuxième orgasme, si fort que mes cuisses se crispent de chaque côté de ses épaules et que mes fesses se soulèvent de la chaise longue.

Je vois les étoiles tournoyer, bouger et changer de place. Quand le ciel s'immobilise, mon corps devient tout mou et mon souffle s'apaise.

Mark se dresse devant moi, et je sursaute, car ses iris sont d'un argent pur et son expression avide m'est forcément destinée.

— N'aie pas peur de moi, bébé. Je t'ai dit que je ne prendrai rien. Je ne te revendiquerai pas avant que tu sois prête. Avant que tu me le demandes. Je t'en fais la promesse.

— Mark, murmuré-je.

C'est une lamentation, car je sais qu'il doit terriblement souffrir en se maîtrisant ainsi.

Les mains de mon compagnon tremblent lorsqu'elles saisissent les bords de la serviette pour l'envelopper autour de moi.

— Viens là, ma belle.

Il se sert de la serviette pour me mettre debout d'un geste fluide.

— Tu es en état de marcher ?

Je le regarde, interloquée. Personne n'a jamais pris autant de pincettes avec moi. Ça me donne envie de pleurer. Comme je ne réponds pas, il me soulève dans ses bras, ramasse mes vêtements par terre, et me porte à l'intérieur.

L'alpha de la meute de Denver nous a déposés ici ce soir après avoir tapé le code donné par Mark. Il nous a dit de faire comme chez nous, mais je n'ai pas osé mettre les enfants au lit avant que Mark soit là pour nous dire où dormir.

Mes louveteaux sont couchés sur les canapés du salon, mais Jayden, mon fils de neuf ans, remue en nous entendant entrer, et je me raidis.

Mark me pose aussitôt sur mes pieds, comprenant manifestement que je ne veux pas être vue ainsi.

Le délire de nos instants volés se dissipe, et la peur familière pointe de nouveau le bout de son nez. J'enfile mes vêtements à la hâte.

Mark soulève Angie, ma fille de six ans. Elle gémit dans son sommeil, mais sa tête est lourde sur son épaule.

— Je vais la porter en haut, me dit-il.

Jayden ne se laissera jamais porter. Sa vie a été aussi dure que la mienne. Je le réveille en douceur.

— C'est l'heure d'aller au lit, mon grand. Allez.

Il roule aussitôt et se retrouve debout, en alerte. Mon petit guerrier, qui cherche toujours à nous protéger, sa petite sœur et moi.

Dans l'escalier, j'aperçois mon reflet dans un miroir encadré, et je m'arrête pour m'observer. J'ai l'air plus jeune qu'hier, d'au moins cinq ans. Je fais mon âge. Ma peau, qui était devenue pâle et cireuse à cause du stress, rayonne. Je touche ma bouche, là où il me manque deux dents. Dirk les a cassées le jour où je l'ai quitté, et elles n'ont pas repoussé. Mes capacités de guérison de métamorphe ont été réprimées par le traumatisme psychologique et émotionnel que j'ai vécu à cause de lui.

À présent, mes gencives me font mal, et je sens la pointe de dents toutes neuves les percer.

Je lâche un soupir surpris. Il aura suffi d'un orgasme.

D'un orgasme sous la langue de mon compagnon pour que je commence à guérir.

Si cela semble trop beau pour être vrai, c'est parce que ça l'est.

Je ne peux pas laisser Mark Ruhl me revendiquer, même s'il fait chanter mon corps.

Jamais je ne le mettrais en danger ainsi.

* * *

Mark

Je ne veux plus jamais que la saveur de Colleen quitte ma langue. Combler ma compagne est ma nouvelle mission. J'ignore d'où m'est sorti ce *papa*. Les mots cochons m'ont échappé pendant que je la léchais, et ils m'ont semblé naturels. En tant que loup alpha, j'ai toujours été dominateur, mais c'est la première fois que j'ai envie de protéger et de chérir une femme. De la gâter et de veiller à ce qu'elle se sente chouchoutée.

À ce qu'elle sache qu'elle est à moi. Toute à moi.

Mais elle n'est pas prête... pas encore. Pour l'instant, elle est en mode survie, et je dois lui faire comprendre qu'elle est en sécurité, protégée.

Je la mène à l'étage et pousse la porte de la chambre d'amis. Je n'allume pas la lumière afin de ne pas déranger la petite endormie.

— Vous pouvez coucher ici tous les trois sauf si...

— C'est parfait, répond-elle aussitôt en me passant devant pour tirer sur les draps.

Je place la petite fille au centre du lit, et elle roule sur le côté dans un soupir. Son frère se glisse à côté d'elle et ferme les paupières.

J'ignore comment je vais tenir toute la nuit avec une Colleen non revendiquée sous mon toit, mais je dois le faire. Elle a besoin de se sentir en sécurité.

Je vais dès à présent vider mon bureau pour le transformer en chambre d'enfants afin qu'ils n'aient pas l'impression d'être des invités. Je veux qu'ils sachent qu'ils sont ici chez eux, désormais. Un humain trouverait ma détermination à chambouler ma vie pour trois personnes que je viens de rencontrer hallucinante, mais pour un loup, ça tombe sous le sens. J'ai passé quarante ans à croire que je ne trouverais sans doute pas ma compagne destinée. Quand j'avais la vingtaine, je me rendais aux jeux des métamorphes, comme on l'attendait de moi, mais quand mon alpha m'a demandé de tenir le rôle de justicier pour le conseil des métamorphes, j'ai arrêté de chercher.

Je me rends dans le placard à linge et en sors un assortiment de serviettes que j'apporte à Colleen.

— La salle de bains est juste là. Je dois avoir des brosses à dents neuves dans le tiroir de droite.

— Merci.

Elle ne me regarde pas tandis qu'elle borde ses enfants. Elle a besoin de calme et d'intimité, mais je n'arrive pas à quitter le seuil de la chambre. J'ai envie de la prendre dans mes bras pour chasser la tension et l'inquiétude qui ont regagné son visage.

— Viens là, dis-je avec douceur.

Je n'avais pas l'intention d'être autoritaire, mais j'ai assez de pouvoir alpha en moi pour que tout ce que je dise sonne comme un ordre.

Elle me passe devant pour se tenir dans le couloir. Je sors de la chambre et ferme la porte.

— Je peux demander à Cody de faire vos cartons à Colorado Springs, proposé-je à voix basse pour ne pas réveiller les enfants.

Cody est l'alpha d'une petite meute, là-bas. Colleen vivait dans cette ville, et elle a sollicité l'aide de Cody quand Jayden a été percuté par une voiture.

Pour un métamorphe, une collision de ce genre n'est pas un problème, mais le fait que des humains assistent à une guérison miraculeuse risque de les alerter. Cody est allé les chercher à l'hôpital avant qu'il soit examiné par un médecin et les a emmenés chez lui au cas où l'ex de Colleen serait averti. J'étais à Colorado Springs pour une opération anti-drogue, et je les ai retrouvés là-bas. Comme la meute de Cody n'est pas assez forte pour affronter celle de Colleen si ses membres venaient la chercher, il a demandé l'aide de la meute de Denver, et je me suis aussitôt porté volontaire pour la protéger.

Elle secoue la tête.

— On ne possédait pas grand-chose, là-bas. Rien qu'un matelas et quelques vêtements.

Je serre les dents, horrifié par la façon dont vivait ma compagne.

— Je vous emmènerai faire du shopping demain, pour vous acheter de nouveaux vêtements et des produits de toilette. Tout ce qu'il vous faudra.

— Merci.

Son odeur de cannelle emplit mes narines et affole mon loup.

— Cody m'a dit que tu avais besoin d'être protégée de ton...

Je suis incapable de prononcer le mot *compagnon*, car elle m'appartient. Mais un autre mâle l'a revendiquée, ça se voit. À plusieurs reprises et de façon brutale, à en juger par les multiples cicatrices à peine refermées sur son épaule. Quelque chose entrave sa capacité de guérison. Sûrement le stress qu'elle a enduré.

— Notre alpha, suggère-t-elle.

Je tente de ne pas montrer ma colère à l'idée qu'un homme jugé digne de diriger une meute puisse maltraiter les plus faibles que lui au lieu de les protéger.

— Et tu penses que quand il viendra, il le fera avec toute sa meute ?

Elle secoue la tête.

— Peut-être pas. J'ai seulement contacté Cody avanthier, quand Jayden a été percuté par une voiture et qu'il a été conduit dans un hôpital humain. J'avais peur que ça lance l'alerte, s'il avait signalé notre disparition.

— Oui. Je vérifierai ça lundi, quand j'irai au travail. J'ai accès à ce genre d'informations. Mais je ne veux plus que tu aies à te cacher, ma belle. Il vaudrait mieux lui dire que tu te trouves ici, sous la protection de la meute de Denver.

— Non, répond-elle aussitôt.

Un grognement monte dans ma gorge et la fait tressaillir. Je lui touche le bras.

— Je suis désolé, bébé. Ce n'est pas contre toi que je grogne. Je n'ai pas fait exprès.

Elle incline la tête dans un geste de soumission façon louve, et j'ai envie de me coller des gifles.

— Tu peux me dire pourquoi tu ne veux pas te libérer de lui ?

Elle secoue la tête.

— Je ne veux pas qu'une guerre entre meutes éclate à cause de moi. Je ne connais même pas la tienne, alors ce n'est pas juste de vous demander de me protéger.

Je ravale mon envie primitive de démembrer ses ennemis et de déposer leurs restes à ses pieds. Je souffle longuement pour maîtriser ma violence.

— Si, c'est juste, dis-je simplement.

Je sais qu'elle n'a pas envie de m'entendre déclarer qu'elle est ma compagne, donc je n'en parle pas pour l'instant, mais je suis convaincu qu'elle comprend ce que je veux dire.

Je n'arrive pas à déterminer si elle ne me croit pas, si elle n'est pas d'accord avec moi, ou si elle n'est simplement pas prête à se projeter avec un nouveau compagnon, mais pour le moment, je dois me montrer patient et y aller en douceur.

— Il faut que tu saches quelque chose à mon sujet, ajouté-je, tout en espérant ne pas l'effrayer davantage.

Elle se raidit.

— Je ne suis pas seulement dans les forces de l'ordre humaines. Je suis justicier pour le conseil des métamorphes.

En gros, ça veut dire que j'ai un flingue avec des balles d'argent et un permis de tuer. Quand des métamorphes violent la loi des humains ou qu'ils représentent un danger pour notre espèce, le conseil de la meute peut décider qu'il doit être abattu. C'est moi qui exécute la sentence. C'est un rôle secret, pour protéger ma famille, un peu comme les bourreaux du Moyen Âge qui portaient une cagoule.

— Ce boulot, je le quitterai dès que j'aurai une compagne.

Je coule un regard vers elle pour voir si mon commentaire a eu l'effet escompté. Je veux qu'elle comprenne que je ne mettrais jamais notre famille en danger. Mais je veux également qu'elle sache que je suis parfaitement équipé pour affronter les risques.

— Je veux juste que tu saches que si ça se corse, je saurai me défendre.

Elle prend une grande inspiration, puis souffle lentement.

— C'est bon à savoir, dit-elle.

Je pose une main sur sa joue et la caresse avec mon pouce.

— Ça va ?

Elle se blottit légèrement contre moi, sans se laisser aller tout à fait.

— Oui. Merci.

Elle garde les yeux baissés dans cette posture un peu archaïque que prennent les loups pour se soumettre à un dominant.

Je lui soulève le menton.

— Regarde-moi, bébé. Je veux que ces jolis yeux soient posés sur mon visage. Tu n'as pas besoin de me montrer des égards.

Tu es ma compagne, bon sang.

Dès que nos regards se croisent, un courant électrique me traverse. Je sens de nouveau son excitation, et je parviens à peine à ravaler un gémissement. Je devrais lui dire bonne nuit, pourtant j'hésite.

— Tu as besoin de quelque chose ?

Une bonne baise sauvage, par exemple ?

Ouais, sans doute pas.

— Seulement de dormir un peu, répond-elle.

De dormir. Bien sûr.

J'ai terriblement envie de l'embrasser, mais je sais

qu'elle a besoin d'être tranquille. Je me contente de déposer un baiser sur son front.

— Bonne nuit, petite louve.

— Bonne nuit.

Elle me regarde dans les yeux, mais son regard est presque timide.

J'attends qu'elle ait fermé la porte derrière elle avant de me forcer à parcourir le couloir jusqu'à ma chambre.

La nuit promet d'être longue.

* * *

Colleen

Je trouve une brosse à dents à l'endroit indiqué par Mark et je me brosse les dents, puis me lave le visage avant de m'examiner davantage, savourant mes changements physiques.

J'ai l'air plus jeune. Beaucoup plus jolie. Presque normale. Je trouve un peigne et prends le temps de me démêler les cheveux.

J'entends la douche s'enclencher dans la salle de bains de Mark.

Dans la chambre, mes deux louveteaux dorment déjà profondément. J'ôte mes chaussures et je fais le tour de la pièce en examinant son contenu. Tout est dépouillé, il n'y a aucun objet personnel sur la commode. Des aquarelles représentant des paysages du Colorado sont accrochées aux murs. Elles semblent toutes avoir été peintes par le même artiste. Je m'approche et repère la signature sur l'une d'entre elles. *Jeanne Ruhl.* Sa mère ? Sa sœur ?

J'ai envie d'aller lui poser la question. Cet homme que

je viens tout juste de rencontrer ne devrait pas me manquer, et pourtant, je me languis de lui.

Regarde-moi, bébé.

J'adore la façon dont il me parle, avec sa voix rocailleuse lourde de sexe et de désir. C'est un mâle imposant, grand, avec des muscles épais et gonflés sous son uniforme. J'aimerais bien le voir sans. Ce qui est dingue, vu que je ne me suis jamais intéressée à un homme. J'ai été accouplée à Dirk beaucoup trop jeune pour avoir envie de penser aux hommes.

Je commence à déboutonner mon jean et à l'enlever, quand une idée folle s'empare de moi. Je reboutonne mon pantalon, ouvre la porte et traverse le couloir. Le bruit de la douche s'est arrêté.

— Mark ?

Sa porte s'ouvre immédiatement. Ses cheveux courts sont mouillés, et il porte un tee-shirt bleu à l'air tout doux et un boxer.

— Qu'est-ce qu'il te faut, ma belle ?

Toi. Sa présence m'enflamme et m'apaise à la fois. Son odeur de café et de cuir embaume la pièce. Je veux qu'il recommence ce qu'il m'a fait sur la chaise longue. Qu'il me redonne un aperçu de ce plaisir charnel que je n'avais encore jamais connu.

— Euh... tu aurais un tee-shirt dans lequel je pourrais dormir ?

Ce n'est pas un prétexte. Je le jure. Pas du tout. J'ai vraiment envie de me débarrasser de mes fringues, et je n'ai rien d'autre à me mettre.

— Bien sûr.

Il soutient mon regard pendant qu'il ôte celui qu'il porte, faisant culbuter mon estomac. Sa poitrine semble encore plus large, sans tissu pour la couvrir, et ses muscles parsemés de boucles brunes et douces sont gonflés. L'envie d'y passer les ongles me donne des fourmis dans les doigts.

Je me lèche les lèvres, et ses yeux suivent mon geste avant de devenir argentés. Je déglutis tant bien que mal pendant qu'il me tend son tee-shirt.

— Merci.

Je semble incapable de tendre la main pour le prendre. De tourner les talons. Je me contente de reluquer l'homme sublime qui se tient face à moi.

— Ce que tu vois te plaît, bébé ?

Sa grosse voix grave me submerge, et toutes mes terminaisons nerveuses frissonnent.

Craignant de tomber dans ses bras – ou dans son lit –, je lui arrache le tee-shirt des mains et regagne ma chambre en toute hâte. Une fois sur le seuil, je jette un regard par-dessus mon épaule, certaine qu'il n'a pas bougé, que ses yeux sont rivés sur mon dos.

— Oui, admets-je avant d'ouvrir la porte et de me glisser dans la pièce le cœur battant.

Je l'entends pousser un grondement rauque tandis qu'il referme sa porte. Un grognement, mais pas du genre menaçant.

Il me désire.

Dirk ne me désirait pas. Pour lui, le sexe était une autre forme de violence. C'était une question de cruauté, jamais de plaisir, ni pour lui ni pour moi.

Et je n'ai pas envie de penser à mon ex. Je me mets en culotte et enfile le tee-shirt ample de Mark, laissant son odeur m'envelopper. Je sais qu'il a fait exprès de me donner ce tee-shirt-là. Pour que j'aie son odeur. Il tente de déclencher une réaction dans mon corps. De me montrer qu'il est mon compagnon.

Comme si je n'étais pas déjà au courant.

Chapitre Deux

Mark

Je me réveille tard, ce qui ne me ressemble pas du tout, mais j'ai passé la nuit à me branler. Savoir ma compagne sous mon toit, endormie dans la chambre d'amis, a rendu mon loup complètement dingue. Et pour me compliquer la tâche, je savais que ma compagne aussi se touchait. J'ai senti son excitation et entendu ses halètements et ses mouvements saccadés à travers la porte, et savoir qu'elle était sûrement aussi débordante de désir que moi m'a rendu fou.

J'ai fini par m'endormir aux aurores, pour quelques heures.

À présent, un doux fumet émane de la cuisine. J'enfile un jean et traverse le couloir tout en passant un tee-shirt au-dessus de ma tête. Je détecte toujours les petits ronflements des louveteaux dans la chambre d'amis.

Je descends l'escalier, et mon membre se dresse – enfin, autant que possible, sous mon jean – à la vue de ce qui se trouve dans la cuisine. Colleen, vêtue d'une culotte et du tee-shirt ample que je lui ai donné pour la nuit, est en train de faire du pain perdu. Hier soir, quand je me suis enfermé à clé dans ma chambre pour éviter de me ruer dans la sienne pour satisfaire mes désirs, je me suis promis d'y aller doucement, aujourd'hui. Je ne connais pas les détails de ce qu'elle a enduré, mais je sais que ma compagne a longtemps vécu dans la peur.

Elle n'est pas prête à accorder sa confiance, et elle ne me connaît ni d'Ève ni d'Adam. Ce n'est pas parce que notre métabolisme nous dit que nous sommes destinés à être ensemble qu'elle est prête ou désireuse de l'accepter.

Mais en la voyant comme ça, en percevant les notes de cannelle de son odeur délicieuse, mon corps se déchaîne. Mon besoin de la combler, de la revendiquer, de la marquer m'obsède.

— Oh, bébé, dis-je de ma voix rauque.

Je me glisse derrière elle et pose une main sur la courbe de ses fesses. Je l'enlace pour la retenir prisonnière contre mon torse.

— Je devrais te donner une fessée pour te punir de m'allumer comme ça.

Je masse son derrière pulpeux, incapable de ravaler le grondement sourd qui monte dans ma poitrine.

— Tu m'as l'air délicieuse, ce matin.

Mes doigts glissent entre ses fesses pour atteindre ses parties les plus intimes.

L'odeur de son excitation flotte dans l'air, et elle renverse la tête sur mon épaule. Elle a beau ne pas être prête émotionnellement pour moi, son corps reconnaît déjà son maître. Je glisse une main dans sa culotte pour tremper un doigt en elle.

— Ça te plairait, bébé ? lui susurré-je à l'oreille. Tu veux que papa-loup t'enlève ta culotte et fasse rougir ton cul ?

Elle gémit doucement.

— Tu le mériterais, après la nuit que j'ai passée. Je n'ai presque pas fermé l'œil, avec ton odeur qui flottait partout comme une drogue.

Son sexe trempé se contracte sur mon doigt. Mon membre se presse contre son dos, impatient de participer. Cinquante façons de prendre ma petite louve me traversent l'esprit : penchée sur le plan de travail, couchée sur la table avec les jambes écartées, assise sur ma bouche. Je suis tellement focalisé sur ses petits gémissements de plaisir et sa chair qui glisse sous mon doigt que je ne perçois pas les sons ou les mouvements derrière nous.

— Laisse-la tranquille ! ordonne une voix fluette, mais féroce.

Colleen pousse une exclamation. Je la lâche et me retourne pour me retrouver face à Jayden, qui se tient au pied de l'escalier, ses yeux bleu-vert écarquillés et pleins d'effroi malgré la colère dans ses sourcils froncés. Je prends plusieurs inspirations profondes pour chasser mon loup lubrique qui se dévoile sûrement dans la couleur de mes yeux.

— *Jayden*, le gronde Colleen.

Ses joues ont pris une jolie teinte rose qui fait ressortir ses yeux, de la même couleur que ceux de son fils.

— Il n'y a pas de mal, dis-je en lui caressant la nuque.

Je me tourne vers Jayden et ajoute :

— Elle va bien. Je ne lui faisais pas de mal. Jamais je ne m'en prendrais à ta maman.

— Excuse-toi, ordonne Colleen à son fils.

— Non, interviens-je, avant de me raviser. Enfin, je ne veux pas saper ton autorité, mais je n'ai pas besoin d'excuses. Il est protecteur avec sa maman, et il a bien raison.

Le garçonnet semble hésiter, puis il doit détecter

quelque chose dans l'expression de sa mère, car sa peur disparaît.

— Maman, tes dents !

Colleen passe le bout de la langue sur ses dents du haut et sourit.

— Elles ont repoussé dans la nuit.

Mon cœur bat furieusement dans ma poitrine. Mon besoin de la venger lutte avec ma satisfaction à l'idée que son corps se soit rétabli si vite. Un orgasme de la part de son compagnon a suffi.

Je n'imagine pas ce qui se passera quand j'aurai joui en elle. Je tente de chasser cette idée salace de mon esprit.

— Fais-moi voir, s'exclame Angie en descendant les marches en courant. Elle enlace sa mère et admire son beau sourire.

Je presse doucement la nuque de Colleen avant de la lâcher.

— Je vais aller prendre une autre douche froide, murmuré-je.

Au stade où j'en suis, je crois que même un seau de glaçons ne suffirait pas à calmer mes ardeurs. Je laisse Colleen nourrir ses louveteaux et je monte prendre ma douche. Sous le jet d'eau, je me caresse, paupières closes, front collé aux carreaux frais. Je me masturbe en pensant aux jambes de Colleen, à sa chatte trempée, mais quelque chose m'empêche de jouir. C'est un gros problème. Je ne pourrai pas l'approcher si je n'évacue pas une partie de mon désir incontrôlable.

Je gémis et me tape la tête contre les carreaux avant de me caresser avec encore plus de force.

Son odeur emplit la cabine de douche comme par magie et se mêle à la vapeur.

Mark. J'entends mon nom prononcé de sa voix, et ce son me rend fou.

Non, une seconde. J'ouvre brusquement les yeux et lâche mon membre pour me retourner.

Elle se tient dans la salle de bains, sans tee-shirt, seulement vêtue d'une petite culotte. J'ouvre la porte de la douche, mais laisse l'eau couler pour étouffer les sons que, je l'espère, nous émettrons bientôt. Les enfants ont une ouïe affûtée de métamorphes, mais je les entends jouer en bas, et le bruit du jet devrait assourdir nos activités.

Je sors, trempé.

— Tu es venue réclamer ta fessée, petite ?

Ses tétons se dressent, et ses cheveux longs cascadent sur l'une de ses épaules.

— Oui, répond-elle.

Bon sang, j'adore l'assurance inédite dont elle fait preuve. Comme si elle comprenait le pouvoir qu'elle avait sur moi. Comme si elle savait qu'elle n'avait pas besoin d'avoir peur.

Je veux y aller doucement, *j'essaye* d'y aller doucement, mais le désir me fait perdre la raison. Je me rue sur elle, sans prendre le temps de me sécher ou d'être délicat. Je la prends par les hanches et la fais pivoter face au meuble de salle de bains.

— Penche-toi, ma belle, ordonné-je d'une voix rauque.

Par miracle, elle n'a toujours pas peur. Elle pose les mains sur le meuble et me présente son joli cul. Je passe la main sur sa culotte. Elle est du genre pratique : en coton, grise et unie.

— Je ferais mieux de te la laisser, sinon ça fera trop de bruit, déclaré-je juste avant d'abattre la main sur ses fesses.

Elle émet un son approbateur, *mmm*, et cet encouragement me suffit. J'enchaîne les tapes vite et fort d'une main, tandis que je glisse l'autre sous sa culotte pour caresser son clitoris.

— Mark ! halète-t-elle.

Son bouton de rose gonfle sous mes doigts, et son sexe produit un nectar des plus délicieux.

— Répète, ordonné-je en frappant plus fort. Qui c'est ton papa ?

Elle presse ses doigts sur les miens dans un gémissement désespéré.

— Toi, Mark. C'est toi mon papa.

Oh, par le Destin, je ne vais pas tenir. Je vais perdre le contrôle et planter mes crocs en elle. Mais à l'instant où mon regard se pose sur son épaule et les cicatrices laissées par son connard d'ex, je me reprends.

Les dents de Colleen ont repoussé, mais ces plaies ne se sont pas encore refermées, ce qui signifie qu'elles sont profondes. Je vais punir ce salaud d'alpha pour tout ce qu'il a fait subir à Colleen et à leurs louveteaux.

Et je ne trahirai jamais la confiance de Colleen. Jamais.

Je canalise mon désir pour la fesser plus vite et plus fort, conscient que les louves adorent mêler un peu de douleur au plaisir, tout en songeant à la façon dont elle s'est mise à mouiller quand je l'ai menacée, dans la cuisine.

J'introduis deux doigts de mon autre main en elle, ma paume sur son pubis, et j'appuie sur son clitoris enflé.

— S'il te plaît, m'implore-t-elle, et j'interromps la fessée. Non. N'arrête pas. J'en ai besoin... s'il te plaît.

— Qu'est-ce que tu veux, bébé ?

J'enfonce les doigts encore plus profondément en elle tout en pétrissant ses fesses.

Elle me regarde par-dessus son épaule, et ses yeux se posent sur mon érection.

— Tu veux chevaucher ma grosse queue, bébé ?

Elle se lèche les lèvres, me faisant gémir.

— Oui, s'il te plaît.

Oui, s'il te plaît. Cette fille...

J'ouvre un tiroir qui contient une boîte de préservatifs et j'en enfile un tandis que ma belle louve enlève sa culotte en se trémoussant. Par le Destin, j'espère que j'arriverai à me maîtriser.

Mais Colleen me fait confiance, et cela me donne désespérément envie de me montrer à la hauteur. Je sais que ça ne doit pas être facile pour elle. Je fais glisser mon érection dans ses fluides.

— C'est ça que tu veux, ma belle ? La queue de papa ?

— Oui, s'il te plaît.

J'appuie sur le creux de ses reins pour faire ressortir ses fesses, puis je m'enfonce profondément. Je dois m'interrompre, yeux fermés, pour ravaler mon besoin de la marquer. Mes dents s'allongent dans ma bouche et produisent le sérum qui contient mon odeur, celle qui la marquerait comme mienne à jamais.

— S'il te plaît, me supplie-t-elle.

Putain.

Je glisse un bras devant ses hanches pour éviter qu'elle ne cogne contre le meuble, puis je me mets à la pilonner comme si nos vies en dépendaient. C'est peut-être le cas. De ma main libre, je trouve l'un de ses tétons et le pince.

— Bébé, dis-je d'une voix rauque.

Être en elle a un effet fou sur moi. Rien ne m'avait encore jamais semblé aussi naturel. Le besoin de la satisfaire, de me satisfaire, me submerge.

— Oui ! s'exclame-t-elle dans un semi-murmure, les paupières closes.

Voir son expression dans le miroir alors qu'elle est sur le point de jouir me fait perdre pied. Je retiens un rugissement tandis que je continue d'enchaîner les coups de reins sauvages, puis je glisse la main devant elle pour caresser son clitoris. Sa bouche s'ouvre dans un « O » muet, et ses muscles se crispent autour de mon érection. Je m'enfouis et reste en position, sans cesser de la caresser et de l'admirer dans la glace pendant que nous atteignons l'extase ensemble.

Je renverse la tête en arrière, mais elle revient aussitôt vers l'avant et le temps semble perdre de sa netteté lorsque je réalise que je suis sur le point de marquer ma compagne. Je plaque une paume sur son épaule juste avant de passer à l'acte, et mes crocs se plantent dans le dos de ma main.

— Oh ! s'écrie Colleen, consternée.

Je me retire et fais un pas en arrière.

Elle pivote vers moi, les narines dilatées à cause de l'odeur de mon sang. Elle écarquille les yeux en voyant la blessure que je me suis infligée.

— Mark.

— Je suis désolé, bébé. C'est arrivé tellement vite, je croyais que je pouvais me maîtriser.

Elle saisit ma main et l'examine, sourcils froncés.

— Tu t'es mordu... *toi-même*.

— Ben oui. Je n'allais quand même pas te mordre. Pas sans ta permission.

Elle s'est raidie. Ses épaules sont tendues.

— Tu ne peux pas me marquer. Ni maintenant, ni jamais.

* * *

Colleen

Mark ne dévoile rien, mais je sens sa douleur comme un coup de poignard dans le ventre. Je m'attends à ce qu'il s'en aille. Ou à ce qu'il tente de me faire du mal. Toutes les choses que les gens font, quand on les repousse, mais au lieu de cela, il me soulève par la taille et m'assoit sur le meuble de salle de bains.

— Pourquoi, bébé ?

Il plante un bras de chaque côté de mon corps, ses paumes à plat sur le quartz. Je tente de ravaler la boule qui se forme dans ma gorge.

— Ce n'est pas ce que je veux.

Je maudis le chevrotement dans ma voix.

Il prend mon visage entre ses mains, avec tant de douceur que j'ai envie de pleurer. Il penche la tête vers moi et murmure :

— Tu sais que je suis ton compagnon.

Les larmes me montent aux yeux.

— Je ne sais rien du tout.

Mes lèvres tremblent, à quelques centimètres des siennes.

— Tu mens.

C'est tout juste un murmure. Il tente de m'arracher la vérité, mais je refuse de la donner. C'est dangereux. Pour lui, pour moi, pour mes louveteaux. Je détourne le visage, mais il m'oblige à lui faire face d'un geste doux.

Personne n'a jamais été aussi tendre avec moi. Personne ne m'a jamais touchée avec autant de respect. Avec lui, le sexe, c'était génial. Mais ça ? Ça m'anéantit.

— Laisse-moi prendre soin de toi, bébé.

Bébé. Il s'est appelé papa tout à l'heure, quand il me fessait. Je n'ai pas d'expérience avec ce genre de scénarios, mais mon corps et mon être y ont réagi comme un poisson dans l'eau.

Les larmes coulent sur mes joues. Je pleure parce que je ne peux pas accepter ce qu'il me propose, même si j'en meurs d'envie. Pas avant de m'être libérée de Dirk.

Il chasse mes larmes avec son pouce.

— S'il te plaît, dit-il.

Je baisse la tête et retrouve mes vieux réflexes. Je fais preuve de déférence envers l'alpha.

— Je peux prendre une douche, maintenant ?

Je le sens se renfrogner avant même de voir son expression. Il me dévisage un moment avec une moue amère. Je suis de nouveau certaine qu'il va s'en aller, mais il n'en fait rien. Il me soulève délicatement et me porte sous la douche. Il me pose sur mes pieds et se met à me savonner des pieds à la tête.

Je gémis face à sa douceur. Cette caresse merveilleuse. Mon compagnon, nu avec moi dans cet espace exigu. Mes jambes flageolent lorsqu'il glisse les mains entre mes cuisses et les caresse doucement jusqu'à atteindre la zone où elles se rejoignent. Il m'embrasse entre les jambes, mais ne me mène pas à l'orgasme comme il l'a fait hier, au bord de la piscine. Non, il se contente de vénérer mon corps dans une lente torture.

— On ne se connaît pas, bébé. Mais tu m'appartiens. Et je suis sûr que tu le sais, toi aussi. Laisse-moi entrer, ma belle.

— S'il te plaît, dis-je dans une plainte.

Il me tue. Je meurs d'envie de lui dire oui. Je veux être à lui, le laisser me marquer, s'occuper de moi, m'appeler bébé et me traiter avec passion et tendresse.

Il se lève et m'enlace, glissant les doigts entre mes fesses pour savonner mon endroit le plus intime.

— Je ne te crois pas, dit-il.

Quand je sonde son regard pour comprendre à quoi il fait référence, il reprend :

— Je ne crois pas que tu veuilles vraiment que je garde mes distances. Mais je le ferai, bébé. Parce que je veux que tu te sentes en sécurité. Je veux que tu saches que je respecte ton choix.

Tout en parlant, il glisse les doigts sur mon anus, me savonnant entre les fesses.

Je gémis. Mes seins nus sont pressés contre son torse. Je passe les lèvres sur les poils tout doux de son torse.

Ses doigts descendent entre mes jambes.

— Je vais compter tes mensonges, ma petite.

Ses doigts effleurent mon entrée. Je me colle à lui, espérant qu'il me prenne à nouveau.

— Tu me le paieras.

La façon dont il dit ces mots fait passer la punition promise pour une douce récompense. Bien sûr, je viens d'apprendre ce que ça fait, d'être fessée par Mark, et j'ai adoré ça.

Je lève la tête et laisse l'eau couler sur mon visage.

— Comment je te le paierai ?

Je reconnais à peine ma propre voix, tant elle est rauque.

Son doigt remonte entre mes fesses et fait le tour de mon anus.

— Ton cul superbe finira tout rouge, et je m'enfoncerai entre tes fesses.

Je frôle aussitôt l'orgasme. Rien qu'à cause de sa menace, qui ressemble plutôt à une récompense. Je glisse la main entre mes jambes pour me soulager, vu qu'il semble décidé à m'allumer, mais il me saisit le poignet.

— Non non. Tu as été trop vilaine, petite louve. Plus de plaisir pour toi avant que je t'autorise à jouir.

Un mini-orgasme me traverse, et je frémis contre lui en reprenant mon souffle.

Mark lâche un petit rire menaçant.

— J'ajoute ça à ma liste, bébé. Tu es désobéissante.

Il me lâche et me place sous le jet pour me faire un shampoing. Je ferme les yeux, trop étourdie par le désir et la confusion pour faire quoi que ce soit d'autre. Quand il a terminé, il coupe l'eau et m'enveloppe dans une serviette chaude et moelleuse.

— On va aller au centre commercial pour vous acheter des vêtements et des produits de première nécessité, aujourd'hui.

Je hoche la tête, incapable de parler.

— Ensuite, j'aimerais bien emmener les louveteaux faire un truc sympa. Un parc d'attractions, ça leur ferait plaisir ? Ou un mini-golf ?

Je le regarde d'un air hébété. Ces deux options me semblent lunaires. Tellement lunaires, d'ailleurs, que je me mets presque à rire. Ce n'est pas le moment d'aller au parc d'attractions. Je dois cacher mes enfants pour que leur psychopathe de père ne les retrouve pas. Et pourtant, l'idée de priver mes enfants d'une telle extravagance me semble cruel. Notre vie avec Dirk dans le Kentucky était abominable, mais notre cavale n'a pas été une partie de plaisir non plus. Ma sœur m'avait donné assez d'argent pour m'enfuir, mais comme Dirk est un alpha, j'avais peur de demander de l'aide à d'autres métamorphes.

Cody, l'alpha de Colorado Springs, nous a découverts par accident et m'a offert de l'argent et son aide, mais avant lui, nous avions déjà du mal à nous nourrir.

Nous pourrions aller nous amuser. Rien que cette fois. Je sais que nous ne pouvons pas rester éternellement avec Mark. Ce n'est qu'un havre de paix temporaire en attendant de voir si Dirk sait où nous sommes et s'il nous poursuit. Nous devrons peut-être reprendre notre cavale bientôt.

— Ça serait sympa, dis-je.

Il se penche et ses lèvres effleurent les miennes. Il m'allume à nouveau, car je n'ai pas droit à un véritable baiser. Il coince la serviette autour de moi, me fait pivoter, et me donne une tape sur les fesses pour m'envoyer hors de sa salle de bains.

Je lui adresse un petit sourire par-dessus mon épaule tout en me rendant dans l'autre salle de bains, où j'ai laissé mes vêtements de la veille. Je les enfile et ouvre la porte de la chambre d'amis.

Jayden et Angie sont en train de jouer aux cartes sur le lit.

— File sous la douche, dis-je à Jayden. Mark va nous emmener faire du shopping, et après, on fera un truc amusant.

— Comme quoi ? demande Angie tandis que son frère descend du lit à toute vitesse.

— C'est une surprise. Il vous l'annoncera lui-même. Ça va vous plaire.

— Qu'est-ce que c'est ? Qu'est-ce que c'est ? insiste Angie en sautant sur le lit.

— Arrête ! m'exclamé-je aussitôt, envahie par l'adrénaline, tous mes nerfs en éveil à cause d'une peur protectrice. Ne saute pas sur le lit, mon ange.

— Mais si, elle peut sauter dessus.

Mark se tient dans l'encadrement de la porte, vêtu d'un tee-shirt noir qui souligne ses muscles et d'un jean délavé. Il est beau à se damner, mais surtout, c'est son sourire quand il observe Angie qui m'embue de nouveau les yeux.

Il est trop tard, cependant. Ma fille a entendu la peur

dans ma voix, et elle descend immédiatement du lit pour se blottir contre moi.

— C'est quoi la surprise ? me demande-t-elle dans un murmure.

Mark lui fait un clin d'œil.

— Je vais attendre que ton frère sorte de la douche, et vous pourrez voter.

— On n'est que deux, réplique Angie, plus vite à son aise que je ne l'aurais imaginé. Qui c'est qui tranchera ?

— Ta maman, répond aussitôt Mark, avant de quitter le seuil pour descendre l'escalier d'un pas guilleret.

Mon besoin de le suivre, de rester à proximité de la sphère d'énergie chaleureuse qu'il projette me fait vaciller. Mais il faut que j'appelle ma sœur, que je découvre si elle a appris des choses sur nous via la meute de notre père.

Je me rends dans le jardin avec mon portable prépayé et j'appelle Meagan. Mark me regarde par la fenêtre, comme s'il avait peur de me quitter des yeux, mais cela n'a rien d'envahissant. Il est juste protecteur.

Je laisse Angie sortir avec moi, et elle se met à ramasser des feuilles mortes, dont elle compare les couleurs.

— Allô ?

C'est un nouveau numéro, ma sœur ne le reconnaît pas.

— Tu peux parler ? m'enquiers-je.

— Attends une seconde.

J'entends une porte claquer, puis le pas de ma sœur faire craquer des feuilles mortes. Je l'imagine sortir par la porte de derrière du petit chalet qu'elle partage avec son compagnon et leurs deux louveteaux, à l'orée des bois.

— C'est bon, dit-elle. Comment ça va ?

— Tu as eu des nouvelles ? De moi, je veux dire ?

Meagan fait toujours partie de la meute de notre père, la deuxième plus grosse du Kentucky. Après être tombée enceinte, elle s'est accouplée à son petit ami du lycée et est devenue mère au foyer. Ce ne sont pas des compagnons destinés, mais ils s'aiment et sont bien assortis.

La plus grosse meute du Kentucky est celle de Dirk, raison pour laquelle mon père m'a envoyée m'accoupler à lui dans une sorte d'alliance médiévale entre deux royaumes. Notre relation était terrible dès le départ, mais je ne pouvais rien dire à mon père, car Dirk avait menacé de le tuer et de conquérir sa meute s'il le défiait un jour.

— Non, répond-elle. Tout va bien ?

Je pousse un soupir de soulagement.

— Bien. Oui. Enfin, non. Jayden a été percuté par une voiture, et il a fini à l'hôpital. Il s'est rétabli, bien sûr, mais j'ai eu peur que Dirk l'apprenne s'il avait signalé notre disparition.

Meagan s'esclaffe.

— Il ne ferait jamais ça. Il a raconté à papa que vous vous étiez disputés, et que tu n'en faisais qu'à ta tête, mais que tu rentrerais bientôt.

Meagan marque une hésitation, puis ajoute :

— Je sais que tu ne voulais pas que je le fasse, mais j'ai enfin raconté la vérité à papa. Je lui ai dit ce que Dirk vous faisait, et que vous vous étiez sauvés. Il est hors de lui. Il n'est pas encore allé défier Dirk, mais c'est seulement parce qu'il a besoin de preuves à montrer à la meute, s'il doit y avoir une guerre.

Je murmure un juron.

— Je ne veux pas provoquer une guerre de meutes, Meagan. Celle de papa ne peut pas gagner. Dirk le tuerait rien que pour me faire souffrir.

Meagan reste muette un instant.

— Je sais. Mais papa a le droit de savoir. Et maintenant

que tu as quitté le domicile familial, je pense que l'heure est venue d'arrêter de garder ce terrible secret.

Des larmes me brûlent les yeux.

— Ne le laisse pas défier Dirk, la supplié-je. Promets-le-moi.

— Je vais faire ce que je peux. Et les humains de l'hôpital ? Quelqu'un a vu Jayden guérir ?

— Non. J'ai appelé l'alpha de Colorado Springs, et il est venu nous chercher avant que Jayden soit examiné.

— Vous l'avez échappé belle. Alors tu es sous sa protection ?

— Pas tout à fait.

Je jette un regard vers la maison, et j'ai soudain chaud en pensant à Mark.

— Je suis à Denver... avec mon compagnon.

Meagan pousse une exclamation.

— Oh la vache. Tu es sérieuse ?

Son enthousiasme vibre presque à travers le combiné.

— Oui, mais Meagan, qu'est-ce que je vais faire ? Dirk nous tuera tous les deux si je le laisse me marquer.

Ma sœur se tait un moment, puis dit d'un ton féroce :

— Dirk, tu l'emmerdes. Pourquoi partir, si tu refuses de vivre ? Tu comptes te cacher jusqu'à la fin de tes jours ?

— Je cherche seulement à protéger mes louveteaux ! m'écrié-je, des larmes de colère aux coins des yeux.

— Merde. Je sais. Pardon. Je suis désolée.

Meagan parle d'un ton apaisant, même si la grande sœur, c'est moi. Sans elle, je n'aurais jamais pu m'enfuir. Elle m'a donné assez d'argent pour prendre le bus jusqu'à Colorado Springs et pour payer le premier mois de loyer d'un appartement. Nous n'avons pas eu le temps de planifier notre fuite. C'était une décision précipitée après une explosion de violence de Dirk contre Jayden et moi.

— Il faut que j'y aille. Préviens-moi si tu apprends quoi que ce soit.

— C'est ton nouveau téléphone ?

— Oui.

— Comment il s'appelle ? Ton compagnon, je veux dire.

— Mark. Mark Ruhl. C'est un agent des stups et un justicier pour le conseil des métamorphes. Il est plus âgé que moi. Il doit avoir la quarantaine.

— Un loup gris.

Je ne peux pas m'empêcher d'esquisser un sourire en songeant à lui. L'angoisse que j'ai ressentie quelques instants plus tôt s'envole instantanément.

— Il ne grisonne pas encore trop, mais oui. Un loup gris super sexy. Et il aime qu'on l'appelle *papa*.

— Oh la vache. C'est torride.

— Hyper torride, dis-je en riant.

C'est la première fois que j'ai une anecdote sexuelle ou amusante à raconter à ma sœur. Je venais de finir le lycée quand mon père m'a livrée à Dirk, et je n'ai jamais eu l'occasion de me réjouir des exploits de Meagan quand elle a commencé à coucher avec son petit ami, car ma vie s'était déjà transformée en un long traumatisme.

— Laisse-le te marquer, Coco. Tu ne peux pas repousser le moment où tu recommenceras à vivre. Un jour ou l'autre, tu devrais saisir les rênes de ta propre vie.

Je ne réponds pas, car ma sœur ne peut même pas imaginer la servitude psychologique dans laquelle je vis depuis trop longtemps, et je n'ai pas envie de me défendre.

— Je t'aime, dis-je simplement.

— Moi aussi, je t'aime. Envoie-moi une photo de Mark. Je te promets de l'effacer juste après l'avoir reçue.

Je ris tout bas, car c'est la plus belle chose que j'aurai jamais envoyée à ma sœur.

— Ça marche. À plus tard.

Chapitre Trois

Mark

Nous faisons tous les quatre la queue pour monter sur l'Aile du Dragon, l'une des attractions d'Elitch Gardens, un parc à thème de Denver. Les louveteaux sont euphoriques après avoir mangé des glaces et être montés sur cinq attractions.

L'expression de Colleen est un peu plus douce chaque fois qu'elle les regarde.

— Tu as l'air plus jeune, maman, lui dit Angie.

Elle est mignonne comme tout, avec sa queue de cheval blonde au sommet de la tête et les mêmes yeux bleu-vert que sa mère et son frère. Je ressens déjà le besoin féroce de protéger ces louveteaux tout autant que ma compagne.

Je lui pose une main sur la hanche. C'est vrai qu'elle paraît plus jeune. Chaque heure qui passe semble inverser les effets du temps.

— Tu as quel âge, bébé ?

— Vingt-huit ans.

Je jette un regard à son fils.

— Et toi, Jayden ?

— Neuf ans et demi.

Le bruit métallique de l'attraction empêche les humains qui nous entourent d'entendre le grondement qui monte dans ma gorge. Les loups peuvent l'entendre, cependant, et ils braquent tous les trois le regard sur moi.

— J'avais dix-huit ans quand mon père a organisé mon accouplement, explique Colleen, comprenant la raison de ma colère. Tout juste majeure.

— Et c'était... normal dans ta meute ? demandé-je les dents serrées.

J'ai envie de tuer son père et l'alpha qui l'a revendiquée.

Elle secoue la tête.

— Je n'en sais rien. Ça a été terrible pour moi. J'ai dû faire une croix sur l'université et quitter tous mes proches pour aller vivre avec un tyran.

Les enfants l'écoutent avec de grands yeux, comme s'ils n'avaient encore jamais entendu parler de ça.

— Tu parles de papa ? demande Jayden à voix basse.

Elle hoche la tête.

— Il venait de devenir l'alpha de sa meute après le meurtre de son père. Il craignait d'être défié, parce qu'il était jeune. Il est allé voir votre papy, et ils ont passé une sorte de marché.

— On n'y retournera jamais, hein, maman ? demande Angie.

— Jamais, promet Colleen.

Une part de moi se détend. Nous sommes au moins d'accord là-dessus.

— Vous vivrez chez moi, désormais, dis-je d'un ton ferme, bien que Colleen n'ait pas encore accepté.

Jayden garde le silence, mais il m'observe avec méfiance.

— C'est vrai, maman ? s'enquiert Angie.

Colleen détourne les yeux, les lèvres pincées.

— On verra, murmure-t-elle.

— On pourra garder les vélos ?

J'ai offert un vélo à chaque enfant, ce matin au centre commercial. Tout ce qu'ils touchaient ou regardaient avec intérêt finissait dans le caddy. Colleen a remis la moitié des articles en rayon, mais quand j'ai pris les deux vélos, elle n'a pas osé protester. Ses enfants étaient trop contents.

Elle est restée là, les yeux brillants, à se mordiller les lèvres.

— Ces vélos sont à vous, dis-je. Quoi qu'il arrive. Mais j'ai envie que vous restiez.

C'est à notre tour. Je guide les louveteaux jusqu'à l'attraction, mais garde Colleen avec moi.

— On vous attendra à la sortie, dis-je à Jayden. Prends bien soin de ta petite sœur.

Il hoche la tête, comme si cette responsabilité était un honneur. C'est un gamin génial.

J'enlace Colleen et la guide jusqu'à la sortie de l'attraction.

— Pour chaque mensonge, tu me dois une vérité, lui dis-je.

— Je n'ai pas men...

Je l'interromps d'un doigt sur ses lèvres.

— Ne recommence pas. Souviens-toi de ma liste.

Le sourire qu'elle esquisse est triste. Je serais prêt à tout pour le rendre rayonnant.

Elle se tourne vers moi et pose les mains sur mon torse.

— Une vérité, murmure-t-elle. Très bien. En voilà une : avant hier soir, je n'avais jamais eu d'orgasme avec un homme. Tu étais le premier.

Bon sang. Je ne devrais pas être aussi fier – ça fait plus de vingt ans que j'ai appris à faire jouir une femme –, mais je le suis quand même.

Je la serre contre moi. Son odeur de cannelle me rend presque sauvage.

— Très bon choix, bébé.

Mais comme je suis insatiable, j'insiste :

— Donne-moi une autre vérité. Dis-moi quelque chose, mon ange. C'est de moi que tu doutes, ou de ce que tu veux ?

La douleur passe sur son visage, et l'envie de venger tous les torts qu'elle a subis fait presque pousser mes canines de loup.

— Je doute de ce que je veux, répond-elle d'une voix éraillée.

Ça sent le mensonge. Je plisse les yeux et réfléchis. Elle ne semble pas avoir peur de moi, alors ce doit être autre chose. Je dois trouver un autre moyen de faire mes preuves.

Si seulement je savais la pousser à s'ouvrir, à me raconter ce qui se passe dans sa jolie tête.

— Une autre, dis-je.

Une lueur vulnérable traverse son regard, comme si je lui en demandais trop.

— Pose-moi une question.

— Si ton avenir n'avait pas été vendu à tes dix-huit ans, qu'est-ce que tu en aurais fait ?

Sa lèvre tremble, et elle les retrousse.

— Je ne sais pas. J'avais l'intention d'aller à la fac, mais je n'avais pas encore décidé ce que je voulais étudier. J'avais envie de quitter notre petite ville, de vivre parmi les humains, peut-être. De gagner ma vie correctement.

— Quelles matières te plaisaient, à l'école ?

Elle hausse les épaules.

— J'étais bonne en maths et en sciences. J'aimais dessiner. Je me disais que je pourrais devenir architecte ou ingénieure. Mais c'est de l'histoire ancienne.

La grille s'ouvre, et les gens descendent de l'attraction. Colleen s'éloigne de moi pour ouvrir ses bras à Angie, qui se jette à son cou.

— Voilà. L'attraction est terminée. Bon, qu'est-ce qu'on fait maintenant, les enfants ? demandé-je en les laissant ouvrir la marche.

Je ne m'étais jamais imaginé avoir des louveteaux ou une compagne. À quarante ans, j'avais renoncé à l'espoir de fonder une famille, et pourtant je viens de trouver ma compagne, et elle m'arrive avec deux petits adorables. Je croyais que ma vocation, c'était les forces de l'ordre, mais tout a changé hier.

À présent, je sais quel est le sens de ma vie. Ces trois métamorphes. Je dois simplement les convaincre de me laisser veiller sur eux.

Pendant l'attraction suivante, je m'excuse pour aller passer un coup de fil.

— Jenson, c'est Mark Ruhl.

Jenson siège au conseil des métamorphes. C'est un vieil ours du Wyoming, et je suis sous sa responsabilité.

— Quoi de neuf ?

— Une louve et ses deux petits sont sous ma protection. Ils ont fui un mâle violent, l'alpha de la meute des abords de Lexington, dans le Kentucky.

— Le conseil ne se mêle pas des disputes conjugales.

— Je ne demande pas au conseil de s'en mêler. Je veux seulement vous prévenir. Je n'hésiterai pas à abattre cet alpha s'il l'approche à nouveau.

Jenson garde le silence un long moment, puis il soupire.

— C'est noté.

— C'était tout, dis-je avant de raccrocher.

Les tribunaux, ça n'existe pas dans le monde des métamorphes. En général, les problèmes se règlent par la violence. Mais il y a soixante-dix ans, quand la population humaine s'est mise à croître au point d'envahir nos territoires, le conseil a été créé. Il s'agit moins de nous gouverner que de nous éviter des soucis avec les humains. Moi, je suis le type qui abat les métamorphes devenus sauvages. Ou ceux qui assassinent ou profitent des humains. J'ai beau ne pas devoir d'explications au conseil si je défends ma compagne, les avertir m'épargnera peut-être des complications.

N'empêche, j'espère que nous n'en arriverons pas là. Je ne veux pas que Jayden et Angie soient obligés de vivre avec l'homme qui aura tué leur père. Ça ne me plaît pas.

Mais ce qui me plaît encore moins, c'est la menace constante que ce type fait planer sur Colleen et leurs louveteaux. Plus vite le problème sera réglé, mieux ce sera.

* * *

Colleen

Quand je les mets au lit, les louveteaux sont épuisés. Le parc d'attractions et les grillades que nous avons mangées au restaurant les ont exténués.

Mark m'a rattrapée avant que je les suive dans la chambre d'amis. Il a enroulé mes cheveux autour de son poing pour me tirer la tête en arrière.

— Je te veux dans mon lit cette nuit, bébé. Ne t'avise pas de refuser, a-t-il grondé, transformant mes entrailles en lave, avant de passer la langue sur mon pouls. Une fois que les petits dormiront. Compris ?

Il a glissé les doigts entre mes jambes et a frotté la couture de mon jean contre mon clitoris.

41

— Euh, oui, ai-je répondu.

À présent que je pousse la porte de sa chambre sans frapper, mon cœur bat la chamade dans ma poitrine.

Les ordres de Mark étaient pleins de désir, pas de colère. Son côté dominateur ne m'effraie jamais. Il ne choque pas. Il pousse seulement mes tétons à se dresser et ma culotte à se mouiller.

Alors j'ai beau savoir qu'aller dans sa chambre la nuit est une mauvaise idée compte tenu du risque d'être marquée, je le fais quand même.

— Déshabille-toi, ordonne Mark depuis le seuil de la salle de bains.

Il vient de prendre une autre douche. Soit il est maniaque, soit il prend des douches froides pour calmer ses ardeurs. Je préfère croire en la deuxième solution, même si cela ne me dérangerait pas qu'il soit très propre. L'odeur de savon se mêle délicieusement à son odeur masculine.

Je déboutonne le jean moulant qu'il m'a acheté et me tortille pour l'enlever. Je porte une culotte de satin rouge et un soutien-gorge assorti – également achetés par Mark –, et quand il me voit avec, ses yeux deviennent argentés.

— De quelle couleur est ton loup ? m'enquiers-je.

— Il est noir. Et le tien ?

— Brun clair.

Il se rapproche à grands pas.

— Je n'ai encore jamais vu tes yeux de louve.

Non. Je ne sais même pas si je suis capable de me transformer. Ça fait des années que je ne me métamorphose plus. Un autre effet secondaire de mon accouplement à Dirk. C'est pour ça que je ne guérissais plus. Mais peut-être que maintenant... peut-être que mon véritable compagnon destiné m'a déjà soignée.

Je me tiens en sous-vêtements devant lui, les jambes flageolantes.

Il secoue la tête et me fait tourner vers le lit avant de pousser mon buste en avant.

— Je ne t'ai pas autorisée à garder ta culotte ce soir.

Sa main s'écrase sur mes fesses, vive et brutale.

Une petite protestation quitte mes lèvres, mais Mark a oublié de prendre des pincettes avec moi. Son loup devient sauvage, et c'est lui qui commande, désormais. Son côté dominateur ne m'inspire aucune peur, cependant. Il me paraît naturel. Son loup monte à la surface parce qu'il me désire très fort, pas parce qu'il veut me faire du mal. Et au fond, je sais que si je me plaignais, il se calmerait aussitôt.

Il me donne une tape sur l'autre fesse, encore plus fort.

— Alors, je t'ai autorisée à le faire, bébé ?

— Non, papa.

Le petit nom sort tout seul, mais il ne me choque pas. J'aime bien l'appeler papa. L'idée qu'il joue ce rôle me plaît. Protecteur. Attentionné. Salace et exigeant en matière de sexe. Par le Destin, ça ne fait que vingt-quatre heures, mais cet homme a réussi à se frayer un chemin dans mon cœur barricadé. Et ce ne sont pas uniquement les phéromones qui parlent.

Mark grogne son approbation et baisse ma culotte.

— La vache, bébé. Tu vas te faire baiser tellement fort que tu ne marcheras plus droit.

Il enchaîne les claques sur mes fesses, et chacune d'entre elles embrase un peu plus mon désir jusqu'à ce que les flammes menacent de me submerger. Ma vue s'aiguise et s'étrécit, et je comprends que mes iris ont également changé de couleur.

Ma louve est de retour.

Elle veut être revendiquée.

— Enlève ta culotte, ordonne Mark d'une voix étranglée, frustrée.

Je me hâte de la faire glisser de mes cuisses à mes chevilles, et dès que j'ai fini, il m'écarte les pieds.

J'étouffe un cri lorsqu'il donne une claque à mon sexe, produisant un bruit mouillé.

— Quand je te dis de te déshabiller, ça veut dire que je veux te voir complètement nue, bébé. Comment je pourrai te lécher jusqu'à ce que tu hurles, sinon ?

Il glisse les pouces entre mes fesses et les écarte, m'obligeant à me cambrer pour exposer mon sexe.

Puis sa bouche fond sur moi, sa barbe soigneusement taillée grattant ma peau sensible pendant que sa langue se glisse entre mes jambes. Il pétrit mes fesses sans cesser de lécher mon clitoris, de sucer mes petites lèvres, de me mordiller. De temps à autre, il abat brutalement la main sur mes fesses ou mes cuisses, mêlant la douleur au plaisir. Le danger à l'excitation.

Sauf que le risque, ce n'est pas qu'il me fasse mal. C'est qu'il me revendique.

Mais il est trop tard pour arrêter ou même ralentir. Je suis folle de lui, moi aussi, je gémis, prête à l'implorer de faire ce qu'il voulait me refuser ce matin.

— *Colleen.*

Mark semble désespéré. Son loup pourrait perdre la raison, si je continue de le priver de ce qu'il désire. Je m'attends à ce qu'il me demande de consentir à être marquée, mais il dit seulement :

— J'ai besoin de jouir en toi, cette fois. Tu veux bien me laisser faire ?

Au début, mon cerveau embrumé ne comprend même pas sa question, puis je me souviens qu'hier, il portait un préservatif.

— Oui, dis-je.

Au diable les conséquences. J'ai envie de le sentir pleinement, sans barrière entre nous.

J'entends un bruissement de tissu, puis il plonge en moi. Je me cambre contre lui, savourant la sensation d'être emplie. Rien n'a jamais été aussi bon, mais il se retire.

— J'ai besoin de voir ton visage, bébé.

Il me retourne et pose mes fesses au bord du lit avant de me pénétrer à nouveau. En appui sur les coudes, je regarde l'endroit où nos deux corps s'imbriquent. Sa circonférence. La façon dont mes pétales s'écartent et s'étirent pour le laisser entrer. L'odeur de mon désir.

Le regard argenté de Mark parcourt mon corps, puis il fronce les sourcils.

— Pourquoi tu portes ce soutien-gorge ?

Je ne peux pas m'empêcher de glousser, car sa colère feinte face à ma nudité incomplète me donne l'impression d'être convoitée, superbe.

— Je croyais qu'il te plaisait, dis-je en baissant les bonnets pour lui montrer mes tétons dressés. Tes yeux sont devenus argentés quand je l'ai choisi.

— Enlève-le, ou je l'arrache. Je l'aime beaucoup trop.

Je le dégrafe et le fais glisser le long de mes bras avant de le jeter sur le côté.

— Oui papa.

Sa main se ferme brutalement sur ma cuisse, mais je n'ai pas peur. Je sens de la passion derrière son geste, pas de la colère ou de la violence. Ses coups de reins sont durs, rapides.

— Joue avec, gronde-t-il.

Je mets une seconde à comprendre, puis dans un gémissement, j'obéis et saisis mes seins, les masse, pince mes propres tétons.

— Je vais jouir en toi. J'ai besoin de te marquer d'une façon ou d'une autre, et tu vas l'accepter, compris ?

Je suis ravie de ses ordres, car j'y perçois clairement son respect pour mes désirs. Il ne me marque pas avec ses crocs bien que ça le tue. Et je suis persuadée qu'il est en train de m'avertir au cas où je choisirais de refuser.

Et je devrais le faire. Mais aucune part de moi n'en a envie. Le Destin m'a envoyé ce compagnon, et si le Destin veut aussi me donner un louveteau avec lui, je suis prête à tenter le coup. Être mère, c'est la seule chose que j'ai aimée, ces dix dernières années.

Je place les doigts en V à l'endroit où son membre me pénètre afin de le sentir doublement.

Il rugit, et ses mouvements deviennent saccadés.

— Bon sang, petite louve. Tu me rends dingue.

Il caresse mon clitoris avec son pouce et je jouis, les muscles crispés sur son sexe. Il atteint l'orgasme au même instant, et par le Destin, je jurerais sentir chaque goutte de son sperme. Il me brûle, crépite et me transforme. La chaleur qui me traverse est telle que ma vue devient noire, avec des feux d'artifice en périphérie. Puis il y a le plaisir. Des océans entiers me submergent, me nettoient, m'assainissent, ne laissant que la pureté de mon essence et de la sienne. Compagnons destinés.

Quelque chose me pousse à toucher mon épaule, là où ma peau était bardée de cicatrices à cause de morsures sèches à répétition. Seul le fait d'être face à une compagne destinée peut pousser un mâle à produire le sérum qui marquera la chair de la femelle de son odeur. Dirk n'était pas mon compagnon destiné, mais ça ne l'empêchait pas de massacrer mon épaule chaque fois qu'il me violait. Au bout de quelques années, j'ai tout simplement cessé de guérir. Mais à présent, ma peau est aussi lisse que celle d'un bébé. Douce, souple. Régénérée.

Mark halète, ses iris toujours argentés, ses canines allongées.

— Quand je te marquerai, bébé, ça ne sera pas là.

— Ah bon ? demandé-je, hébétée.

— Non. Je marquerai ton joli petit cul.

Il glisse ses grandes mains sous mes fesses et les pétrit.

— Oh.

Je me mets à rire. Un rire presque hystérique. Un effet du soulagement, de la joie, de ma nervosité, tout mélangé.

— Tu es plus branché fesses que seins, comme mec ?

Les yeux de Mark reprennent leur couleur normale, et il me sourit.

— Oui, on peut dire ça.

Il se retire et ajoute :

— Cette nuit, je te veux dans mon lit.

Visiblement, il a deviné que je m'apprêtais à fuir dans la chambre d'amis.

— Je ne te marquerai pas. Tu peux me faire confiance. Mais j'ai besoin de toi ici.

Je pense à mes louveteaux. Mais ils dorment profondément, épuisés après les joies de la journée. Ils n'ont pas besoin de moi.

En plus, la perspective de dormir aux côtés de Mark rend ma louve...

Je me transforme instinctivement rien qu'en songeant à elle.

C'est la première fois depuis des années, et ma louve est si heureuse qu'elle décrit des cercles sur le lit avant de se laisser tomber sur le flanc pour présenter son ventre.

— Salut, ma jolie, dit Mark d'une voix douce en me caressant la tête et le ventre, en me grattouillant les oreilles.

Tu es sublime. J'ai hâte de me transformer et d'aller chasser avec toi.

Je décide de reprendre forme humaine, et je me transforme sans difficulté. Comme si je n'avais jamais perdu ma louve, jamais perdu ma capacité à me métamorphoser sur demande. À guérir. À être moi-même.

— Oh, par le Destin, dis-je.

Je m'assois et me couvre le visage, les joues baignées de larmes de joie.

Le sourire de Mark s'efface, et il grimpe avec moi sur le lit pour enlever mes mains de mon visage.

— Merde, bébé. Tu avais perdu ta louve ? C'est pour ça que tu ne guérissais plus ?

Je hoche la tête à travers mes larmes.

— Ça faisait quatre ans.

Il sèche mes joues avec des baisers et me serre dans ses bras.

— Plus jamais, mon ange. Tu ne la perdras plus jamais. Elle était toujours avec toi.

— C'est toi qui l'as ramenée.

— C'est *nous* qui l'avons fait, corrige-t-il. Je n'arrive pas à croire que je t'ai trouvée. Je suis béni.

Moi aussi, j'ai envie de me sentir bénie, mais une ombre plane toujours sur moi. Sur nous. Et je déteste ça. Je tiens trop à Mark pour le laisser risquer sa vie pour nous.

Chapitre Quatre

Mark

J'ai juré de ne pas marquer ma compagne, mais cela ne m'empêche pas de la baiser deux fois de plus dans la nuit.

Le matin venu, elle est blottie contre moi, la tête dans mon cou.

— Qu'est-ce qui t'a donné envie de rejoindre les forces de l'ordre ? me demande-t-elle. Ça a commencé par ton poste de justicier, ou par la brigade des stupéfiants ?

J'enfouis les doigts dans ses cheveux et lui masse l'arrière du crâne.

— Je suis d'abord entré aux stups, puis je suis devenu justicier. Le conseil aimait bien l'idée que je sois dans les forces de l'ordre humaines, ça me permet de cacher les activités des métamorphes qui violent la loi.

— Et comment est-ce que tu t'es retrouvé aux stups ?

— J'ai grandi dans le coin, dans la banlieue ouest de Denver, dans les contreforts, pour qu'on puisse courir et chasser dans les montagnes. Notre lycée était mixte, il y avait des humains et des métamorphes, et mon meilleur ami était humain.

Colleen lève son joli visage, ses yeux bleu-vert rivés sur les miens. Elle semble se préparer au pire, comme si elle devinait la suite.

— On déconnait, on faisait la fête. Bien sûr, les drogues ne me faisaient aucun effet, mais je me disais que mon boulot était de garder mes amis humains en sécurité. De jouer les chauffeurs. D'être le type raisonnable. Ils ne savaient pas que j'étais métamorphe. On était passés de l'herbe à la cocaïne. Je pense qu'elle était coupée avec autre chose. Elle m'a brûlé le nez, et je me suis senti mal pendant quelques minutes. Mais mon meilleur ami...

Colleen retient son souffle. Je hoche la tête.

— Il est mort. C'est là que j'ai fait le serment de traquer les trafiquants. J'imagine que je les jugeais responsables de ce qui était arrivé.

Elle pose la joue sur mon torse nu.

— Comment s'appelait ton ami ?

— Travis.

— Toutes mes condoléances.

Je me remets à lui masser le crâne.

— C'était il y a très longtemps.

— C'est noble de ta part. Tu œuvres pour le bien commun.

Elle promène les doigts dans les poils de ma poitrine.

— Désormais, c'est ton bien qui m'importe, lui dis-je.

— Tu prends soin des gens que tu aimes, même les humains. C'est pour ça que tu te fais appeler papa ?

Je hausse les épaules.

— Peut-être. Je suis un alpha, alors j'aime commander, mais de façon gentille, attentionnée. J'ai envie de te gâter.

— Ça me semble merveilleux.

Son sourire est triste, et mon loup panique.

— Je peux sécher le boulot aujourd'hui.

Je n'ai pas envie de les laisser seuls, elle et les enfants. Sans protection. Pour être honnête, je crains à moitié qu'elle ne soit plus là à mon retour.

Elle secoue la tête.

— Non. Tu devais fouiller dans notre dossier. Vérifier que Dirk n'a pas signalé notre disparition.

Je hoche la tête et me passe une main sur le visage.

— Oui. Je vais faire ça. S'il l'a signalée, on demandera une mesure d'éloignement. Il est du genre à respecter les lois humaines ?

— Non, admet-elle. Il n'a sans doute pas signalé notre disparition, en fin de compte. D'après ma sœur, il a raconté à mon père que nous nous étions disputés, et que je reviendrais. Il minimise ce qui s'est passé. Mais on ne sait jamais. Il peut changer de version d'un instant à l'autre. C'est un psychopathe.

— Je vais m'occuper de lui, dis-je d'un ton menaçant.

— Non, dit-elle aussitôt.

Un frisson parcourt ma peau. Je la regarde, tentant de comprendre, mais bon sang, je n'ai pas assez d'informations. Je prends sa main et l'embrasse.

— Parle-moi, Colleen.

Une vague de regrets nage dans ses yeux, et mon estomac se serre. Comme elle ne répond pas, je lui demande :

— Tu l'aimes ?

L'horreur sur son visage et son rire moqueur me rassurent en partie.

— Je ne suis pas obligé de le tuer, reprends-je. Il y a d'autres moyens de procéder.

Il n'y en a sans doute pas, mais si pour ses enfants, elle

veut que cet homme survive, je comprends. Je n'insisterai pas. Je trouverai une solution pour qu'il survive, mais qu'elle se sente en sécurité.

Je vais chercher mon arme de service dans mon coffre-fort avant d'aller au travail. Sentant la présence de Colleen derrière moi, je me retourne. Elle regarde dans le coffre.

— C'est le fameux pistolet ?

Je me contente de l'observer, alors elle ajoute :

— Celui qui a des balles d'argent ?

Les balles d'argent sont interdites, sauf pour les justiciers.

Je me frotte le visage. Sa curiosité me donne un mauvais pressentiment.

— Oui, bébé. C'est ce pistolet-là.

Je scrute son expression, mais elle se détourne en hochant la tête.

— Appelle-moi ou envoie-moi un message si tu as besoin de quoi que ce soit. On te trouvera une voiture cette semaine, d'accord ?

Je ne peux pas m'empêcher de craindre que Colleen voie ma maison comme une simple étape. Un endroit où dormir le temps de déterminer la marche à suivre. J'ignore comment lui faire changer d'avis sur tout ça, sur moi, mais je compte lui donner envie de rester.

Elle acquiesce, mais a l'expression méfiante que son fils m'adresse souvent. Comme si elle s'attendait à être frappée par un désastre inévitable.

Bien sûr, elle a raison. Les ennuis approchent. Mais moi, j'en suis content. Car plus vite ils arriveront, plus vite je pourrai les chasser et démontrer à Colleen que je suis prêt à tout pour la protéger et la rendre heureuse.

* * *

Colleen

La maison de Mark semble vide sans lui, mais les enfants sont impatients de tester leurs nouveaux vélos, alors je sors profiter de l'air automnal pendant qu'ils roulent dans le quartier.

Quand nous rentrons, je découvre que ma sœur a essayé de m'appeler. Sept fois.

Merde.

Je la rappelle et me mets à déambuler dans la cuisine.

Sautant les salutations, Meagan m'annonce une nouvelle qui me fait l'effet d'un coup de poing :

— Il sait où vous êtes.

— À cause de l'hôpital ?

— Non, je ne crois pas. Dirk a dit à papa que tu avais été enlevée par la meute de Denver et qu'ils te retenaient contre ton gré. Apparemment, c'est un type du conseil des métamorphes qui l'a prévenu. Colleen, il est déjà dans l'avion, et toute sa meute a pris la route cette nuit pour le retrouver à Denver.

Je suis envahie par le désespoir.

— Non.

— Il voulait que notre meute vienne aussi par la route, mais papa l'a envoyé balader et a sauté dans l'avion, lui aussi.

Mon cerveau tourne à plein régime.

— D'accord. Merci de me prévenir.

— Qu'est-ce que tu vas faire ?

Sa voix contient une note de panique, comme si elle devinait déjà ma réponse.

— Tout ce que je sais, c'est que je ne peux pas laisser

cette histoire tourner à la guerre entre meutes. Les métamorphes de Denver ne me connaissent même pas, il serait injuste de leur demander de se battre pour moi. Je ne suis même pas sûre qu'ils le feraient.

— Pour une fois, tu dois arrêter de craindre une guerre. Tout l'intérêt d'une meute, c'est justement de protéger ses membres. Je pense que tu devrais accepter l'aide qui t'est proposée. Surtout si la meute de Denver est importante.

— Ça me met mal à l'aise. Je te tiens au courant.

Je raccroche avant qu'elle puisse protester davantage.

Mon estomac se serre alors qu'une vague de chagrin s'écrase sur moi. Quitter Mark va déchirer ma louve. Mais je refuse qu'il risque sa vie pour nous protéger. Surtout si Dirk a mobilisé toute sa meute. Même avec des balles d'argent, il ne pourra pas gagner cette guerre seul.

Je me rends dans sa chambre. J'ai mémorisé le code de son coffre quand il l'a ouvert ce matin, et je récupère le pistolet et les balles d'argent avec précaution. La meilleure façon de m'en sortir, c'est de prendre les choses en mains. Et à présent, j'ai le moyen d'y parvenir.

Je charge l'arme et la glisse à ma ceinture, avant de descendre pour écrire un mot à Mark et parler aux enfants.

Après avoir écrit mon message dans la cuisine, j'appelle les louveteaux, occupés à regarder la télévision.

— Angie, Jayden, venez voir, s'il vous plaît.

Ils doivent percevoir quelque chose dans ma voix, car toute la joie de leur sortie à vélo disparaît aussitôt. Jayden éteint la télé, et ils viennent tous les deux se placer devant moi. Je les fais approcher.

— On s'en va ? demande Jayden d'une petite voix.

— J'ai quelque chose à régler. Quelque chose de très important. Vous seriez en danger, si vous m'accompagniez.

Les yeux d'Angie s'emplissent de larmes.

L'expression de Jayden lui donne l'air très vieux quand il demande :

— Papa est là ?

Je déglutis et hoche la tête.

— Je vais m'occuper de lui.

— Avec le pistolet de Mark ?

La perspicacité de mon fils me surprend. Il a dû nous entendre en parler dans le couloir, samedi soir.

Je hoche de nouveau la tête.

— Et si ça ne marche pas ?

— Il faut que ça marche, réponds-je d'un ton féroce.

Il n'y a pas d'alternative. Je ne veux pas passer le reste de ma vie à me cacher. J'ai rencontré mon véritable compagnon, mon loup destiné, et je veux être avec lui.

— Je laisse ce mot à Mark. Quand il rentrera, donne-le-lui, d'accord ?

Jayden acquiesce d'un air grave. Angie pleure pour de bon, à présent.

Je refuse de laisser mes propres larmes couler. Je ne peux pas emmener mes enfants avec moi, car si j'échoue, ils se retrouveront entre les mains de Dirk. Comme ça, si quelque chose tourne mal, Mark les protégera et appellera ma sœur, qui les recueillera. Mais non, rien ne tournera mal. Je les retrouverai. Ils ont besoin de moi. Je les serre fort contre moi et les embrasse sur le sommet du crâne, puis je commande un taxi pour les montagnes. Pour que ça marche, je dois m'éloigner des humains.

Chapitre Cinq

Mark

Dans l'après-midi, j'ai un mauvais pressentiment, exacerbé lorsque Colleen ne répond pas au téléphone. Je finis par quitter le travail en avance en prétextant un rendez-vous chez le médecin, et je rentre directement chez moi.

Ma compagne ne partirait pas. Elle n'en serait pas capable. Nos loups ont besoin l'un de l'autre, et elle ne serait pas en sécurité, toute seule.

C'est ce dont je tente de me persuader durant tout le trajet, mais la peur me glace les membres. Je me gare dans le garage et ouvre la porte à la volée, submergé par le soulagement lorsque j'entends la télé et vois les enfants.

Puis je réalise que quelque chose cloche. Les louveteaux semblent apeurés. Je hume l'air, mais rien n'indique la présence d'un autre loup. L'odeur de Colleen est faible.

— Où est votre maman ?

Je tente de garder une voix calme en dépit de la panique qui remonte en moi.

Au lieu de me répondre, Jayden se lève et se dirige vers

la table de la cuisine, il ramasse une enveloppe fermée avec mon nom dessus.

Merde.

Je la lui arrache des mains et monte les marches quatre à quatre jusqu'à ma chambre. Je sais déjà ce que je vais découvrir. Le coffre est ouvert. Le pistolet a disparu. Je déchire l'enveloppe et lis l'écriture soigneuse de Colleen.

Mark,

La meute de Dirk a quitté le Kentucky pour venir ici. Je t'en prie, ne les affronte pas. Je ne veux pas d'une guerre. Je vais m'occuper de lui toute seule.

Si pour une raison ou pour une autre je ne reviens pas, je te laisse le numéro de ma sœur ci-dessous. Elle s'occupera des louveteaux. Je suis désolée de les laisser avec toi, mais je ne peux pas laisser Dirk les prendre.

Merci pour tout,

Colleen

Merci pour tout ? Bon sang, c'est une blague ou quoi ? Je déteste le ton formel de sa lettre, comme si j'étais un inconnu, pas son compagnon. Mais ce n'est pas ça qui m'affole.

C'est ce que ma merveilleuse compagne s'apprête à faire. *Merde !*

Je dois la retrouver. L'arrêter.

Le lendemain de son arrivée, j'ai installé un traceur sur son téléphone, car je craignais un scénario de ce type. Je me dépêche d'ouvrir l'application, et je retiens mon souffle en découvrant où elle est partie. Elle se dirige vers les montagnes, à une trentaine de kilomètres à l'ouest de Denver.

— Jayden, Angie, je vais aller chercher votre mère. Je la

ramènerai ici saine et sauve. Je vais demander à un membre de la meute de venir s'occuper de vous. Si ça sonne, répondez, d'accord ?

Je tends à Jayden une tablette sur laquelle je pourrai l'appeler.

— Vous pouvez télécharger des jeux pour jouer dessus ou continuer à regarder la télé.

Jayden hoche la tête. Angie se contente de me regarder avec de grands yeux.

— J'ai peur, dit-elle.

Je m'agenouille devant elle et la serre dans mes bras.

— Oh, ma chérie. Je vais m'assurer que tu ne risques rien.

— Et maman ?

— Je vais la chercher tout de suie. On reviendra.

Je l'embrasse sur le sommet du crâne, regrettant de ne pas être aussi sûr de moi que j'en ai l'air. Je me précipite vers mon SUV et saute à l'intérieur, démarrant avant même d'avoir bouclé ma ceinture. Sur la route, je compose le numéro que Colleen m'a laissé pour joindre sa sœur.

— Allô ? répond une voix féminine paniquée.

— Meagan ? C'est Mark Ruhl, je suis...

— Le compagnon de Colleen. Où est-elle ? Elle va bien ?

— Je vais la chercher. J'ai installé un traceur sur son portable.

— Oh, le Destin soit loué.

— Vous savez ce qu'elle a l'intention de faire ?

— À mon avis, elle va essayer d'éloigner Dirk de vous et de la meute de Denver. Elle ne voulait pas que des gens souffrent à cause d'elle.

— *Elle* essaye de *me* protéger, grondé-je en écrasant l'accélérateur, bien au-delà des limitations de vitesse.

— Dirk est une ordure, Mark. Il a raconté à tout le monde que votre meute avait kidnappé Colleen. Il aurait mieux valu qu'elle vous laisse la marquer, mais elle avait peur qu'il vous tue tous les deux.

Je sors les crocs, et un grognement sauvage m'arrache la gorge. Dire que ma compagne a vécu avec ce malade !

— Je le réduirai en pièces s'il la touche.

— Soyez prudent. Vous pouvez me tenir au courant ?

— Oui.

Je raccroche.

Colleen. Ma poitrine se serre. Elle ne doutait pas de moi. Elle cherchait à me protéger. C'est insensé. Ne comprend-elle pas que je préférerais mourir plutôt que de la voir souffrir à nouveau ?

* * *

Colleen

Mes paumes transpirent tandis que j'attends au bord du lac, assise sur un banc en béton.

J'ai envoyé un message à Dirk en arrivant, formant un groupe avec mon père pour qu'il en soit témoin.

Ton histoire de kidnapping par la meute de Denver est absurde. Je t'ai quitté parce que je ne veux plus que nos louveteaux et moi te servions de punching-ball. Dis aux tiens de faire demi-tour et rentrez chez vous.

Il devait être trop en colère pour remarquer que mon père faisait partie du groupe, à moins qu'il s'en fiche, à présent, car il a répondu :

Je vais tous vous tuer.

Le cœur battant, je lui ai envoyé :

Laisse la meute de Denver hors de ça. Je ne suis pas avec eux.

Je vais vous trouver.

Laisse la meute de Denver tranquille. Retrouve-moi au lac Evergreen.

Ni lui ni mon père n'a rien envoyé ensuite, mais je suis persuadée que Dirk est en chemin. Alors j'attends, en essayant de ne pas penser à Mark et à sa réaction lorsqu'il découvrira ce que j'ai fait. Ni aux louveteaux et à ce qui pourrait leur arriver si j'échoue. Je décide plutôt de me concentrer sur ma respiration. Inspiration. Respiration. Le Destin est dans mon camp. C'est comme ça que j'ai rencontré mon compagnon. À présent, il ne me reste plus qu'à achever le travail.

* * *

Je le sens dès qu'il arrive. Les cheveux se dressent sur ma nuque et ma peau se couvre de chair de poule lorsqu'une voiture inconnue – une location, sans doute – se gare sur le parking. Je touche instinctivement le pistolet à ma ceinture.

Il sort et claque la portière de la voiture avant de se ruer sur moi d'un pas furieux.

Je ne me lève pas. Je me contente de l'attendre. Même à l'autre bout du champ, je sens la colère qui émane de lui, la violence qui bouillonne juste sous la surface, prête à exploser. Ça m'affecte, bien sûr. L'adrénaline me submerge si vite que je me transforme presque pour fuir dans les bois. Mais je sais déjà comment ce scénario tournerait. Il me rattraperait, et j'en paierais le prix.

Non, cette fois je ne fuirai pas. Je vais me battre.

Alors je me lève et marche vers lui, le menton haut, les molaires serrées. Une fois à deux mètres de lui, je dégaine le pistolet et le pointe sur lui. Ma main tremble, mais ça ne m'empêche pas d'ôter la sécurité.

— Approche, et je te tue.

Il ricane.

— Tu crois qu'un flingue me fait peur ?

Il se jette sur moi, et je tire.

Le corps de Dirk est secoué par l'impact.

Je vois deux voitures arriver sur le parking et je réalise que mon tir a dû attirer l'attention.

Merde, des témoins.

Et double-merde. J'ai mal visé.

La balle a atteint Dirk à l'épaule, pas au cœur. Il vacille en arrière, les yeux ambrés, les lèvres retroussées.

— De l'argent, dit-il.

Il a reconnu l'effet délétère de la seule substance capable de faire du mal à un métamorphe.

Il parcourt la distance qui nous sépare.

Je me glace un instant, envahie par cette bonne vieille terreur.

Cela lui donne l'avantage. Il tente de saisir l'arme. Je mets ma main hors de sa portée et tire en l'air, mais il parvient à la faire tomber. Je plonge dessus, mais il s'empare de mon crâne à deux mains et s'apprête à me briser la nuque.

J'entends le grondement d'un loup, et un tir retentit.

Dirk s'écroule, mort.

Mes genoux cèdent et je manque de tomber à mon tour, mais le grand loup noir qui fonce vers moi reprend forme humaine, et Mark me rattrape et me soulève dans ses bras.

Je regarde Dirk sur le sol, déroutée.

— Comment... qui... ?

Puis je vois mon père, qui court vers nous une arme à la main.

— Colleen !

Il y a de la peur dans sa voix.

Mark me serre davantage comme pour me protéger de lui aussi. Je m'accroche à son cou, l'étranglant presque, humant l'odeur enivrante de mon compagnon.

— Je suis désolée. Tellement désolée.

— Il a failli te tuer, dit mon père, sous le choc.

Mark ne fait pas attention à lui.

— Bon sang, bébé. Merde. Je suis tellement content que tu sois indemne.

— Tout va bien. Où sont mes louveteaux ? demandé-je en me tournant vers le parking, espérant que Mark ne les ait pas emmenés ici.

— Une famille de la meute est allée les chercher le temps que les choses se tassent.

Mon père se tient derrière Mark, et pour la première fois de ma vie, il me semble hésitant. Gêné, même.

— Colleen. Je suis navré, Coco.

Il passe une main dans ses cheveux poivre et sel.

— Je suis vraiment désolé. Pourquoi tu ne m'as pas dit à quel point c'était grave ?

Mark semble ne pas avoir envie de me reposer, mais après un moment d'hésitation, il le fait. Il me garde tout de même serrée contre lui, son corps musclé couvert de ses vêtements en lambeaux.

— Il me disait qu'il te tuerait si tu le défiais, admets-je. Qu'il anéantirait toute ta meute. Je ne voulais pas avoir ça sur la conscience.

Mon père pousse un juron.

— Dirk était un salaud, j'aurais dû le voir. Bon sang, je suis désolé.

Pour la première fois, je jette un regard au corps de Dirk.

— Tu l'as tué, dis-je.

Mon père lui a tiré une balle en pleine tête, ce qui suffit à tuer un métamorphe même sans balle d'argent.

— Oui, je l'ai tué, dit-il avant de s'éclaircir la gorge et de se tourner vers Mark. Et vous êtes ?

— Oh ! Papa, je te présente Mark, mon véritable compagnon. Mark, voici mon père, Aaron Blackthorn.

Mark attend quelques secondes avant de tendre la main à mon père. Il ne dit pas *enchanté* ou *ravi de faire votre connaissance.* Il en veut sûrement à mon père de m'avoir refilée à Dirk.

Mon père lui serre la main et incline la tête, acceptant son jugement muet.

— Je vais m'occuper de ça, dit Mark en jetant un regard plein de mépris au corps de Dirk. Vous, ramenez Colleen chez moi.

Mon père n'a pas l'habitude qu'on lui donne des ordres, mais il accepte ces directives avec un hochement de tête.

— Vous êtes sûr de pouvoir vous en sortir ?

— Oui. Je suis justicier auprès du conseil.

Mon père hausse les sourcils comme s'il était impressionné, mais je m'en fiche. Je ne vis plus pour lui.

— Vous pourrez traiter avec sa meute ? demande Mark à mon père.

— Oui. C'est moi qui ai causé tous ces problèmes. Je les réglerai.

Mark montre le cadavre du Dirk d'un signe du menton.

— Honnêtement, je suis content que vous l'ayez tué. Je

ne voulais pas devenir le meurtrier du père des louveteaux, et je ne voulais pas que ce soit Colleen non plus.

Il place une main sur ma nuque et m'attire vers lui pour déposer un baiser sur mon front.

— Jayden et Angie ne le pleureront pas, dis-je tout bas, et Mark et mon père prennent un air sombre.

— Allez-y. Je me débrouille, assure mon compagnon.

Je le serre dans mes bras pendant que mon père regagne son véhicule.

— Merci, murmuré-je. Je suis désolée. Tu es fâché ?

— Pas fâché. Hyper soulagé.

Il m'enlace et se balance de gauche à droite comme si nous dansions un slow.

Je me blottis de nouveau contre lui. J'ai besoin de le sentir, et je meurs d'envie de sentir sa peau contre la mienne.

— Je suis prête à recevoir ta marque.

Mark recule, et je le vois esquisser un sourire tandis que ses yeux prennent une lueur argentée.

— Oh, je vais te marquer, ma belle. Je vais m'assurer que tu n'oublies jamais à qui tu appartiens.

Il me touche le nez et ajoute :

— Ce que tu as fait aura des conséquences, bébé.

Je me mets sur la pointe des pieds et l'embrasse dans le cou.

— Je t'aime, dis-je.

Mark m'étreint, et ses lèvres s'écrasent sur les miennes tandis qu'il me lève jusqu'à ce que j'enroule les jambes autour de sa taille.

— Je t'aime comme un fou, Colleen.

Je sens son cœur battre furieusement contre ma poitrine. Sa bouche se tord sur la mienne, d'un côté puis de l'autre, pendant qu'il me porte jusqu'au parking.

— Maintenant, sois bien sage et retourne chez moi... chez *nous*. J'ai besoin de te savoir en sécurité, sinon je ne pourrai pas me concentrer sur la tâche qui m'attend.

Il me porte jusqu'à la portière passager de la voiture dans laquelle est assis mon père, et il me pose sur mes pieds.

C'est moi qui l'embrasse, cette fois.

— D'accord. Je t'attendrai.

— Tu as intérêt.

Il parle d'un ton léger qui chasse l'ombre pesante des événements que nous venons de vivre.

Je suis avec Mark, désormais. Mon véritable compagnon.

Tout ira bien.

Chapitre Six

Mark
Colleen m'attend dans mon lit – non, dans *notre* lit – vêtue d'un de mes tee-shirts.

Il est tard ; son père a emmené les louveteaux passer la nuit à son hôtel, conscient que nous aurions besoin de passer du temps en tête-à-tête. Il leur a promis qu'ils pourraient passer commande au room service et se baigner dans la piscine, alors les enfants l'ont suivi avec joie, malgré leur journée angoissante.

J'ai passé l'après-midi à maquiller la mort de Dirk, le faisant passer pour un trafiquant victime de l'exécution d'un gang, puis je me suis entretenu avec Ben, mon alpha, le père de Colleen, et la meute de Lexington pour résoudre le conflit une bonne fois pour toutes.

À présent, je sors de la douche, et mon sang chante, impatient de marquer ma femelle.

Elle semble métamorphosée, maintenant que la menace posée par Dirk a été éliminée. Sa méfiance s'est envolée. Là où elle semblait sur la retenue, elle est désormais ouverte et enthousiaste. Mienne.

— Déshabille-toi, bébé, ordonné-je quand je la trouve assise sur ses talons au centre du lit. Elle m'attend dans une posture soumise, son regard attentif rivé sur mon visage.

Elle ôte aussitôt mon tee-shirt et le jette par terre. Je découvre qu'elle ne portait rien en dessous.

Un grondement appréciateur monte dans ma gorge tandis que je me rapproche.

— Oh, ma chérie. Tu es sublime.

Ses tétons se dressent, ses yeux deviennent ambrés. Je hume l'odeur de son excitation.

— Petite louve, tu m'as causé du souci, aujourd'hui, lui dis-je d'un ton faussement sévère.

— Je sais, papa. Je suis désolée.

— J'ai eu très peur pour toi.

Je la mets doucement à genoux, puis je penche son buste jusqu'à ce qu'elle se retrouve fesses en l'air.

— J'ai cru que j'allais te perdre.

— Je sais, dit-elle.

Je passe la main sur la courbe de ses fesses, les caresse.

— Tu cherchais à me protéger, quand tu refusais que je te marque, n'est-ce pas ?

— J'avais peur, dit-elle, et mon cœur se serre.

— S'il te plaît, ne me mets plus jamais à l'écart.

Je lui donne une claque sur une fesse.

— Si tu as des ennuis, je veux être à tes côtés.

Je frappe son autre fesse.

— Oui papa.

— Tu vas me laisser prendre soin de toi ? demandé-je sans cesser de la fesser.

— Oui ! Oui, merci.

Je ris, car elle est adorable. Je ne pourrais jamais la punir pour de vrai, surtout après ce qu'elle a traversé. Elle doit savoir qu'avec moi, elle ne craint rien.

— Donne-moi ton cul.

Je lui écarte les fesses et la lèche.

— Oh !

Son anus se contracte sous ma langue.

— Je vais te prendre par là ce soir. Voilà ce qui arrive quand tu n'es pas sage.

La douce odeur de son excitation me dit que cette idée la séduit.

Je glisse deux doigts entre ses jambes, trouve son clitoris et le tapote plusieurs fois avant de lui donner une petite claque.

— Je vais commencer par donner une fessée à ta jolie petite chatte, et ensuite j'y tremperai ma queue, juste assez pour faire sortir mes crocs. Puis je marquerai ton adorable petit cul pour te faire mienne à jamais.

Colleen gémit son assentiment pendant que je caresse son clitoris.

Je donne quelques petites tapes à son sexe, savourant la façon dont ses fluides coulent sur mes doigts. Je n'ai même pas besoin de la pénétrer, je suis déjà dur comme du bois et mes crocs sont sortis, trempés par le sérum qui imprégnera sa chair de mon odeur.

Mais je suis un homme de parole. Je frappe son sexe jusqu'à ce que ses gémissements deviennent désespérés, langoureux, puis je la transperce de mon érection, enfoui si profondément qu'elle pousse un cri de plaisir.

— Oui, papa !

— C'est bien, bébé. Prends ma queue.

Je me retire, puis lui assène un nouveau coup de reins.

— Oui, s'il te plaît. C'est ce que je veux. Tellement fort.

Bon sang.

Je vais et viens sans grande amplitude, cognant à chaque passage contre ses fesses, et mes bourses se contractent comme si j'étais prêt à jouir. Mais je vais me retenir. J'ai d'autres projets pour ce soir. Je la prends par les hanches pour nous satisfaire tous les deux, mes mouvements fermes et profonds. Mon pouce appuie sur son entrée de derrière.

Quand je suis certain qu'elle est sur le point de jouir, quand ses parois commencent à se contracter et que ses soupirs se transforment en cris désespérés, je me retire et plante les crocs dans l'une de ses superbes fesses.

Elle crie et se cambre comme si la douleur lui donnait autant de plaisir que le sexe. Je la pénètre avec mon pouce et je la maintiens ainsi, captive de ma morsure, tout en l'ouvrant pour ce qui va suivre.

Elle jouit, gémissante et suppliante, et ses doigts cherchent son clitoris.

Je mets un moment à retrouver mon humanité, mais la satisfaction de l'avoir marquée me fait l'effet d'une drogue. J'enlève mon pouce, rétracte mes crocs et lèche la plaie jusqu'à ce qu'elle se referme tandis que Colleen continue de se caresser.

— Je suis désolé, bébé. Je t'ai laissée vide pendant que tu jouissais ?

— Oui papa.

— Ne t'inquiète pas ma belle, je vais te remplir avec ma queue. Ne bouge pas.

Je la laisse un instant pour aller chercher le lubrifiant que j'ai acheté en rentrant à la maison. J'en enduis généreusement mon membre et son anus, puis je place un oreiller sous ses hanches pour qu'elle soit plus à l'aise.

Je lui donne quelques claques sur le derrière.

— Écarte les fesses pour moi, ordonné-je.

Elle obéit immédiatement, pleinement en confiance, désormais.

Je pose un genou de part et d'autre de ses jambes et fais glisser mon gland entre ses fesses.

— Laisse-moi entrer.

Elle commence par se contracter, mais je patiente le temps qu'elle s'ouvre à moi. Je m'enfonce lentement pour qu'elle s'habitue à être pénétrée par-derrière.

— Gentille fille, la complimenté-je, et elle se détend davantage. Remets les doigts entre tes jambes, ma belle. Caresse-toi pendant que je te prends par-derrière.

— Oui papa.

Putain, j'adore sa docilité. Son enthousiasme. Son acceptation de mes pratiques et mes mots salaces.

Une fois complètement enfoui en elle, je me mets à aller et venir lentement. Rien qu'un peu. En dedans, en dehors. Puis de façon graduelle, j'amplifie mes mouvements jusqu'à sortir et l'emplir pleinement.

Ses gémissements et le bruit mouillé de ses doigts empressés entre ses jambes résonnent dans la pièce.

— Tu recommenceras à te mettre en danger, bébé ?

— Non papa !

— Non. Tu laisseras papa prendre soin de toi, hein ?

— Oui. Oui, s'il te plaît. J'en ai besoin.

Elle semble désespérée, comme si elle allait de nouveau jouir.

Cela me rend impatient d'atteindre l'orgasme à mon tour.

— Bon sang, grondé-je.

Je me mets à aller et venir plus vite, sans devenir trop brutal, et mes cuisses se contractent.

— S'il te plaît, s'il te plaît ! lance-t-elle d'une voix aiguë.

Dans un cri, je m'enfonce profondément, l'emplissant de mon sperme tandis que j'enfonce les doigts dans son sexe qui pulse.

— Oh, par le Destin, oui, haleté-je à son oreille en me balançant doucement.

— Oui, gémit-elle.

— Tu es à moi, désormais, dis-je dans son dos, le souffle court.

Je lui embrasse l'oreille, la joue, la naissance des cheveux.

— Tu es à moi, dit-elle à son tour. Moi aussi, je prendrai soin de toi.

Je ris et me retire doucement.

— Ne bouge pas, bébé.

Je me lève pour chercher un gant de toilette et la nettoyer. Quand j'ai terminé, elle roule sur le côté et j'en- lève l'oreiller pour m'allonger sur elle, déposant des baisers sur son joli visage en forme de cœur.

— Tu n'as pas besoin de prendre soin de moi, petite louve. T'avoir dans mon lit, ça me comble déjà. Je veux que tu prennes soin de toi. Tu pourrais aller à la fac, si tu voulais. Ou rester à la maison. Ou travailler. Tout ce qui te fera plaisir. Voilà ce que j'attends de toi.

Elle enroule les bras et les jambes autour de moi pour me serrer contre elle.

Je ris.

— Je vais t'écraser, ma belle.

— Mais non, dit-elle, le visage enfoui dans mon cou.

— Je t'aime, ma chérie.

— Tu es plus que mon compagnon. Plus que mon « papa ». Tu es un héros, dans le vrai sens du terme. Tu donnes de ta personne pour protéger les autres. Travis serait honoré par ce que tu as fait en sa mémoire, et je suis très fière d'être ta compagne.

Mes yeux et mon nez se mettent à me brûler.

— Merci, bébé.

71

Épilogue

Colleen

— J'entends son cœur, murmure Mark, l'oreille collée à mon ventre rond.

Nous sommes en pleine « lune de bébé » – la lune de miel que l'on prend avant l'arrivée d'un nouveau-né, avant de ne plus pouvoir dormir – dans un chalet des Alpes suisses. Les louveteaux sont gardés par une famille métamorphe de Denver qui a des enfants du même âge. Je leur ai téléphoné ce matin, et ils avaient l'air de s'amuser comme des fous.

Je glousse.

— Même avec ton ouïe de métamorphe, tu ne peux pas entendre le cœur de notre fille.

Mark lève la tête et sourit.

— Notre fille ? Tu sais quelque chose que j'ignore ?

Je rougis.

— Je fais des rêves.

— Ah bon ?

Il trace des cercles sur mon ventre, puis sur ma hanche.

— De quoi tu rêves, bébé ?

— Qu'on possède un chalet comme celui-ci, mais dans le Colorado. Les louveteaux sont là, et tu m'aides à accoucher. Tu soulèves notre bébé, et tu lances : *c'est une fille !* On se met tous les quatre à pleurer de joie.

Les yeux de Mark s'embuent, comme dans mon rêve.

— Ça m'a l'air parfait, dit-il.

C'est un père formidable pour Angie et Jayden. Ils l'adorent. Avoir un salopard pour père les a rendus ouverts et reconnaissants à l'idée d'avoir un père gentil et attentionné. Honorable.

Ils s'en sortent tous les deux très bien dans l'école humaine où je les ai scolarisés, et je me suis inscrite dans la petite fac locale, même si je n'ai pas encore choisi de spécialité. Je prévoyais d'arrêter à l'arrivée du bébé, mais Mark a dit que je devrais continuer d'étudier, une matière à la fois. Je crois qu'il veut que je sache que je ne suis pas obligée de rester à la maison à élever les louveteaux et à servir mon compagnon, que d'autres options s'offrent à moi.

Mais avec lui, je n'ai jamais cette peur. Je suis choyée. Il prend soin de nous. Tout ce qu'il attend en retour, c'est *moi*. Chose que je lui donne avec joie.

Il a renoncé à son rôle de justicier du conseil des métamorphes, et je n'ai pas trop d'inquiétudes concernant son travail à la brigade des stupéfiants, vu qu'il est plus ou moins résistant aux balles.

Je me hisse sur les mains et les genoux pour lui grimper dessus. Nous avons couché ensemble il y a une demi-heure seulement, et pourtant, j'en veux déjà encore. Avec la grossesse, je suis partante à toute heure du jour ou de la nuit. Les yeux de Mark brillent de satisfaction, et il me prend par les hanches pour me coller à son érection.

— Tu es sublime, me dit-il.

Il prend l'un de mes seins gonflés en coupe et lâche un

petit rire rauque. Cette grossesse est facile, pour l'instant. Je me sens belle, sans doute parce que Mark me le répète cinq fois par jour. Je commence à onduler sur son membre, à le prendre plus profondément en moi, avant de me retirer. C'est délicieux, mais après tout, c'est toujours agréable. Je suis passé du cauchemar au paradis pratiquement du jour au lendemain.

Je pose les mains sur ses épaules pour pouvoir aller et venir plus vite. Mes cheveux, désormais longs et épais, tombent dans son cou.

— Je suis tellement contente de m'être trouvé un papa, ronronné-je.

Ses yeux se plissent, et je vois le désir monter dans l'argent de ses iris.

— C'était le plus beau jour de ma vie, confirme-t-il.

Il s'empare de mes hanches et prend le relais, m'enfonçant sur son sexe, maîtrisant notre rythme. Je renverse la tête en arrière, cambrée de plaisir tandis qu'il me fait aller de plus en plus vite jusqu'à ce que je n'en puisse presque plus, puis il se met à caresser mon clitoris avec son pouce.

— Jouis sur ma queue, ordonne-t-il.

— Oui papa !

Mes muscles se crispent sur son érection, pulsant alors que l'extase partie de mon centre jaillit en toutes directions.

Mark pousse un cri et me transperce, soulevant le bassin du lit pour suspendre nos corps pendant qu'il m'emplit de sa semence.

— C'est bien, bébé.

Il se laisse retomber sur le lit, toujours en moi.

— Gentille fille.

Il me fait onduler lentement, m'arrachant des petites secousses de plaisir jusqu'à ce que je m'écroule sur lui, épuisée.

— C'est l'heure de la sieste, murmure-t-il.

Mes paupières se ferment en papillonnant. Il m'enlace et me serre contre lui.

— Mmm. Merci, papa.

Il rit doucement.

— Tu n'es pas obligée de me remercier pour le sexe, bébé. Te donner du plaisir, c'est mon boulot.

J'enfouis le visage dans son cou et hume son odeur de cuir et de café.

— Je t'aime, dis-je.

Il nous fait rouler sur le côté, car avec mon ventre entre nous, nous ne tenons plus la position.

— Je suis fou de toi, mon ange. Toi et nos louveteaux, c'est toute ma vie.

— Pareil, murmuré-je.

Un sommeil bien mérité s'empare de moi, et je glisse de nouveau au pays des rêves.

Le Ranch des Loups

Brut
Le Ranch des Loups – Livre 1

Boyd
Règle N°1 de la meute : Ne jamais rien révéler à un humain.

J'ai enfreint cette règle le jour où j'ai rencontré la belle doctoresse.

Je suis peut-être un champion de rodéo, mais un seul regard sur elle et j'ai perdu ma concentration.

Le taureau m'a éjecté et m'a encorné, et maintenant la belle femelle est après moi.

Quand j'ai guéri en quelques heures, elle a su que quelque chose clochait.

Mon alpha m'a dit de la surveiller.

Aucun problème. Je la surveillerai comme il se doit. De _très_ près.

Je vais m'accrocher à elle comme de la Superglue.

Et ces humains qui veulent sortir avec elle ?

Ils feraient mieux de se retirer.
Parce que la doctoresse est tout à moi.
Qu'elle le sache ou non.

Brut

Livre gratuit de Renee Rose

Abonnez-vous à la newsletter de Renee

Abonnez-vous à la newsletter de Renee pour recevoir livre gratuit, des scènes bonus gratuites et pour être averti·e de ses nouvelles parutions !

Livre gratuit de Renee Rose

https://BookHip.com/QQAPBW

Ouvrages de Renee Rose parus en français

www.reneeroseromance.com/francaise/

Le Ranch des Loups

Brut

Fauve

Féral

Sauvage

Féroce

Impitoyable

Bestial

Deux Marques

Indomptée (libre)

Temptée

Désirée

Séduite

Alpha Bad Boys

La Tentation de l'Alpha

Le Danger de l'Alpha

Le Trophée de l'Alpha
Le Défi de l'Alpha
L'Obsession de l'Alpha
L'Amour dans l'ascenseur (Histoire bonus de La Tentation de l'Alpha)
Le Désir de l'Alpha
La Guerre de l'Alpha
La Mission de l'Alpha
Le Fleau de l'Alpha
Le Secret de l'Alpha
La Proie de l'Alpha
Le Sang de l'Alpha
Le Soleil de l'Alpha
La Lune de l'Alpha
La Serment de l'Alpha
La Vengeance de l'Alpha
Le Feu de l'Alpha
Le Secours de l'Alpha

Les Loups-Garous de Wall Street
Grand Méchant Patron: Minuit
Grand Méchant Patron: Folie Lunaire
Grand Méchant Patron: Marquée
Grand Méchant Patron : Accouplés

Les Dominateurs Alpha
La Faim de l'Alpha
La Punition de l'Alpha
La Promesse de l'Alpha
La Protection de l'Alpha

Les Nuits de Vegas
Roi de carreau

Alpha des montagnes

Le héros
Rebel
Le Guerrier

Série Chicago Sin

Nid de Péché
Ancré dans le Péché

Maîtres Zandiens

Son Esclave Humaine
Sa Prisonnière Humaine
Le Dressage de Son Humaine
Sa Rebelle Humaine
Sa Vassale Humaine
Son Compagnon et Maître
Animal de Compagnie Zandien
Sa Possession Humaine

Les Épouses Zandiennes

La Nuit des Zandiens
Achetée par les Zandiens
Dominée par les Zandiens
Les Lumières de Zandia
Détenue par le Zandian
Revendiquée par le Zandian
Enlevée par le Zandian
Sauvée par le Zandian

À propos de Renee Rose

RENEE ROSE, AUTEURE DE BEST-SELLERS D'APRÈS USA TODAY, adore les héros alpha dominants qui ne mâchent pas leurs mots ! Elle a vendu plus d'un million d'exemplaires de romans d'amour torrides, plus ou moins coquins (surtout plus). Ses livres ont figuré dans les catégories « Happily Ever After » et « Popsugar » de USA Today. Nommée *Meilleur nouvel auteur érotique* par Eroticon USA en 2013, elle a aussi remporté le prix d'*Auteur favori de science-fiction et d'anthologie* de Spunky and Sassy, et celui de *Meilleur roman historique* de The Romance Reviews. Elle a fait partie de la liste des meilleures ventes de USA Today sept fois avec plusieurs anthologies.

Abonnez-vous à la newsletter de Renee pour recevoir des scènes bonus gratuites et pour être avertie de ses nouvelles parutions!

https://www.subscribepage.com/reneerosefr